LA FILLE DE DEAUVILLE

DU MÊME AUTEUR

LA DÉPRIME DES POLITIQUES, Le Seuil, 2001.
LA MÈRE DE MA MÈRE, Stock, 2008.
TÂCHE DE NE PAS DEVENIR FOLLE, Stock, 2009.
LE PACTE DES VIERGES, Stock, 2011.
LE JOUR OÙ TU M'AS QUITTÉE, Stock, 2014.
L'ÉNIGMATIQUE MONSIEUR HOLLANDE, *Dans les coulisses de l'Élysée*, avec Jean-Claude Coutausse, Stock, 2015.
LE MAUVAIS GÉNIE, avec Ariane Chemin, Fayard, 2015.
TU T'APPELAIS MARIA SCHNEIDER, Grasset, 2018.
Avec Georges Kiejman, L'HOMME QUI VOULAIT ÊTRE AIMÉ, Grasset, 2021.

VANESSA SCHNEIDER

LA FILLE DE DEAUVILLE

roman

BERNARD GRASSET
PARIS

Photo de la bande : © Pascalito.

ISBN : 978-2-246-81723-9

J'ai compris qu'il ne suffisait pas de dénoncer l'injustice, il fallait donner sa vie pour la combattre.

Albert CAMUS

Luigi Pareno n'avait jamais été un grand optimiste et ce qu'il voyait n'était pas de nature à le rassurer. Partout où il promenait son regard il y avait du blanc. Blanc coton de la neige nappant les champs d'une couverture épaisse, blanc-gris du ciel couvrant le soleil d'un voile opaque, blanc-jaune de la façade éclairée, blanc bleuté des plaques de glace sur le toit. Ses yeux ne parvenaient pas encore à s'accoutumer aux nuances, ses pupilles ajustaient mal, il évaluait avec difficulté les distances et les reliefs. Ça le perturbait. La neige aplanit tout, les sons, les anfractuosités, les dénivelés, nécessitant une concentration accrue. Elle rend visible la moindre tache de couleur. Il soupira bruyamment. Rien ne serait simple. Il faudrait dissimuler les véhicules et le matériel, limiter les déplacements, se faire le plus discret possible. Être particulièrement prudent, surtout. Les jours de grand froid chacun reste chez soi, tout mouvement inhabituel serait susceptible d'être remarqué par les cibles. Il avait rapidement fallu trouver un endroit pour s'enterrer, un lieu de guet et d'attente, un cocon de patience, suffisamment près de la ferme pour voir ce qu'il s'y passe à portée de jumelles, assez loin tout de même pour ne pas être repéré. La nuit précédente, les gendarmes avaient creusé une tranchée dans les congères, tracé d'étroits chemins, posé des balises, mis au point un circuit de ravitaillement. Du bon boulot. À 48 ans, Pareno savait apprécier le travail bien fait. Les collègues se montraient à la hauteur de l'enjeu. Ce n'était pas trop tôt.

L'agent d'élite, l'enquêteur redouté, l'ancien des missions spéciales dont les années d'entraînement avaient façonné un corps aux volumes ciselés ne supportait pas le froid. C'était quand même pas de chance, cette chute brutale du thermomètre. Il était à deux doigts de penser que le Dieu du ciel était spécialement intervenu pour l'emmerder. Ce jour-là, un vent glacé l'avait transpercé comme une lame dès qu'il était sorti de sa voiture, s'infiltrant dans l'épaisseur de ses vêtements, traversant la peau pour se nicher aux tréfonds de ses chairs. En quittant Paris, il avait senti les basses températures gagner du terrain dans l'habitacle et il avait engagé contre elles une lutte aussi bruyante que vaine en tournant dans tous les sens la molette du radiateur de bord. Une trentaine de kilomètres plus tard, les premiers flocons tapissaient les jardins des zones pavillonnaires. C'était une neige encore joyeuse, celle que les enfants façonnent en bonhommes ou en pistes de luge, une neige jouet que l'on prend dans les mains, que l'on malaxe et pétrit, dont on forme des boules que l'on s'envoie à la figure. Une neige qui fait rire et qui fond, qui ne fait pas mal. Très vite, il n'y eut plus aucune silhouette au bord de la route pour s'amuser avec cette neige-là. Elle avait tout envahi, les plaines et les collines, les routes et les hameaux, s'était posée en d'improbables équilibres sur les branches des arbres nus et les câbles électriques. Elle semblait avoir chassé la vie, renvoyant hommes et animaux dans leurs abris et leurs terriers.

Installé à son poste d'observation, un trou sommaire foré au pied d'un arbre, Pareno avait immédiatement ressenti un inconfort profond. Impossible d'expirer sans que les verres de ses jumelles se recouvrent d'une pellicule de buée. À peine chassée, elle revenait s'y poser. Le moindre geste se transformait en épreuve. Il avait la désagréable impression d'être incapable de se mouvoir sans bruit. En tentant de trouver une assise compatible avec ses douleurs lombaires, il réfléchissait aux différentes sortes de neige. Selon l'agencement des cristaux et la température de l'air, elle prenait des consistances variables. Il la classa en catégories, une manie dont il avait pris l'habitude pendant les longues heures de planque, un moyen comme un autre de s'occuper la tête. Il identifia la fraîche, celle qui colle aux semelles et dans laquelle on s'enfonce, qui couine comme le cri d'un mulot saisi de douleur et d'effroi dans les mâchoires d'une souricière. Et puis la compacte, proche de la glace, apparemment plus praticable. Dure, on pourrait la penser silencieuse. Mais elle se craquelle, se fissure, se fracture en un bruit sec à la manière de feuilles d'automne sous le poids des bottes d'un chasseur. Luigi Pareno se demandait laquelle il aurait préféré avoir autour de lui s'il avait eu le choix. Question idiote. Dans les moments de tension, il avait tendance à se farcir le cerveau de sujets sans intérêt, un tic qui l'agaçait de plus en plus. C'était un homme du Sud qui avait grandi au bord de la Méditerranée où son père s'était installé en quittant l'Italie. Il avait eu un mal de chien à s'habituer à la pluie parisienne qui semblait ne jamais vouloir cesser de tomber, étirant sa progression du mois de septembre aux premiers jours de juillet. Alors la neige, il ne fallait pas trop lui en demander…

Ne plus faire un geste lui paraissait, pour l'heure, être la solution la plus raisonnable. D'un hochement de tête, il déclina le Thermos de café proposé par un collègue qui s'était glissé jusqu'à lui en rampant. Dévisser le couvercle, verser le breuvage chaud dans la tasse, l'opération le fatiguait d'avance. Sans compter la fumée qui s'échapperait inévitablement du récipient. Il craignait déjà que la condensation de leurs souffles ne les fasse repérer, il avait proscrit les cigarettes sur le site, ce n'était pas pour attirer bêtement l'attention avec un mauvais café.

Ne pas bouger avait aussi ses inconvénients, il le savait bien. Rester immobile, c'est prendre le risque de laisser le corps s'engourdir et les neurones s'endormir. Il ne pouvait pas se permettre la moindre baisse de vigilance.

Jamais il n'avait été aussi près du but. Ils étaient là, à portée de main, les quatre fondus d'Action directe, les assassins de Georges Besse et du général Audran, les tueurs de flics, les maniaques de la bombe, ces révolutionnaires en carton-pâte équipés d'armes de guerre dont les visages étaient placardés sur tous les murs de France. Les quatre en même temps, il n'aurait pas pu rêver meilleure configuration. Les voir filer à nouveau n'était pas envisageable. Ces années entièrement consacrées à leur traque, il les avait payées trop cher pour accepter qu'elles ne servent à rien.

Clac, clac, clac, clac. Et voilà que ça recommençait. Ces pas derrière elle, insistants et lourds. Menaçants. Elle se ressaisit : c'était le bruit de ses propres bottes sur le macadam qu'elle entendait. *Je deviens folle.* En descendant du train, Joëlle avait eu la désagréable impression d'être observée. Pourtant, les rares voyageurs qui se dispersaient vers le parking ne semblaient pas prêter attention à elle. Elle s'efforça de dissiper le malaise qui, de plus en plus souvent, la prenait tout entière. Depuis que leurs portraits avaient été affichés dans les lieux publics, elle se sentait épiée. Son sommeil s'était déglingué, hiératique et agité. Les bières qu'elle avalait à la chaîne ne la calmaient pas. Des migraines dantesques lui perforaient le crâne et plombaient son moral. Ces derniers temps, la douleur était si intense que sa tête résonnait d'insupportables grincements à la manière de mécanismes rouillés. Elle se bourrait de médicaments qui la rendaient irritable, elle était fatiguée.

Joëlle s'en voulait de perdre ainsi son sang-froid. Elle avait essayé d'en parler à Nat l'autre jour en l'aidant à plier les draps qui avaient séché sur la corde à linge dans la cour. Mais elle s'y était prise de travers comme souvent. Elle avait abordé le sujet en blaguant pour cacher sa gêne. Elle craignait toujours de passer pour une trouillarde avec elle. Sur un ton le plus léger possible, elle avait raconté ce qu'il s'était passé dans le métro lors de son dernier déplacement à Paris. Alors qu'elle attendait sur le quai, elle avait vu l'affiche de leur mise à prix et s'était approchée. Il y avait là un petit groupe de curieux, elle avait mêlé son visage aux leurs, à la fois tremblante et excitée, comme une enfant préparant un mauvais coup. Personne ne l'avait reconnue. Ce n'était pas très étonnant : leurs photos avaient été prises il y a longtemps et elles étaient assez pourries. Le grain était brouillé, la qualité du papier laissait à désirer. Il aurait vraiment fallu être un génie pour les identifier. Nat avait souri en l'écoutant décrire la scène. Elle ne sortait plus beaucoup de la ferme, trop occupée par les tâches ménagères et les heures passées à rédiger des fiches sur les cibles potentielles. Elle aimait entendre raconter les virées à Paris, comme ce jour où Jean-Marc et Joëlle s'étaient pris la trouille de leur vie à un barrage de flics. Heureusement, ils avaient tellement soigné leur allure de parfaits petits-bourgeois que les policiers s'étaient contentés de les saluer poliment d'un signe de tête. S'ils avaient ouvert le coffre à ce moment-là, ils n'auraient pas été déçus : un nouvel appareil d'écoute et des explosifs y étaient grossièrement empaquetés dans une valise en tissu écossais. Les copains avaient eu chaud.

En regagnant la maison, le panier à linge sous le bras, Joëlle n'avait pas pu s'empêcher d'en rajouter sur la scène du métro. Sans trop savoir pourquoi, elle s'était mise à inventer une suite à son histoire, un type en costard auquel elle aurait dit pour se marrer : « J'espère qu'ils les trouveront bientôt, ces salauds. » Le gars avait soi-disant pris un air excédé : « Ceux que vous appelez des salauds sont des héros, mademoiselle. S'ils tombent, d'autres se lèveront. Le capitalisme est vérolé. Il y aura de plus en plus de courageux pour le dynamiter. » Ils avaient continué à échanger un peu, puis elle avait prétexté un retard et s'était engouffrée dans la rame suivante sans lui dire au revoir. « Tu as pris un gros risque quand même », avait commenté Nat avec une pointe de sévérité dans la voix. Jean-Marc, qui rangeait des outils dans la remise, avait sauté sur l'occasion pour se lancer dans une diatribe dont Joëlle connaissait par cœur chaque argument sur l'avant-garde incomprise et la nécessité du combat. Contrairement à ce que soutenait la presse bourgeoise, ils avaient de nombreux soutiens au sein du peuple, et pas seulement dans les rangs des prolétaires. Bientôt, une armée se dresserait pour les rejoindre. Il ne fallait pas baisser les bras. Joëlle n'avait pas osé l'interrompre, elle se sentait honteuse d'avoir raconté ce mensonge du supposé bourgeois anti-impérialiste. Personne ne lui avait adressé la parole dans le métro ce jour-là et elle aurait été bien emmerdée si cela s'était produit.

Après avoir regardé son visage sur l'affiche, elle avait foncé tête baissée dans le wagon et s'était concentrée sur sa respiration pour ralentir les pulsations douloureuses qui martelaient ses tempes.

Quatre ans. Quatre ans de clandestinité. Quatre ans à se planquer comme des rats. Quatre ans à ne plus voir ni famille ni amis. Quatre ans à attendre le Grand Soir ou les balles meurtrières des flics. Elle n'avait pas 25 ans et se sentait fourbue, comme après une vie passée à l'usine. Un sentiment d'immense lassitude s'abattait sur elle et brouillait sa raison. Même si les portraits ne leur ressemblaient pas, ils faisaient leur effet. Joëlle redoutait que l'étau mis en place depuis tant d'années ne se resserre sur eux, comme si derrière chaque appel à témoin se tenait une menace, un traître, un indic, un flic prêt à leur tomber dessus. Elle prenait pourtant toutes les précautions d'usage, appliquait à la lettre les consignes de sécurité. Elle se retournait brusquement dans la rue pour vérifier qu'un poulet n'était pas accroché à ses basques, opérait des demi-tours inattendus, variait les itinéraires comme Jean-Marc le lui avait appris. À force de faire attention, elle en faisait trop. Son excès de prudence était déraisonnable, elle le savait. Tôt ou tard sa nervosité, sa façon de bondir dès qu'un type la frôlait la rendraient vulnérable. Les arrestations sont souvent dues au hasard. La peur et l'agitation attirent l'attention du flic le plus bonasse. Garder son calme, ne jamais accélérer le pas, sourire, regarder les gens droit dans les yeux restait le meilleur moyen de se faire oublier. Dans le train ce soir-là, elle n'était pas parvenue à se détendre. Elle n'avait même pas sorti de sa poche la vieille édition de *La Peau de chagrin* empruntée jadis dans la bibliothèque familiale. Il n'y avait pas grand monde dans les wagons. Certes, il faisait particulièrement froid et ce n'était pas un temps à mettre le nez dehors, mais elle n'avait pas pu s'empêcher de penser qu'il y avait quelque chose de louche dans cette rame déserte.

Respire, ma grande, respire. Calme-toi. Tu vois tout en noir. Tu es comme ça. Un jour prête à dégommer la terre entière, sûre de toi, fière et triomphante. Le lendemain, vide et rongée par l'anxiété. Respire, respire, ça va aller. Ça va forcément aller.

Maintenant qu'elle était en sécurité dans la ferme, une mousse à la main, faisant semblant d'aider Nat à préparer le dîner, le danger lui paraissait loin. À chaque fois c'était la même histoire, son cerveau s'emballait, altérait son jugement, instillait le doute et les pensées sombres. Puis elle retrouvait Vitry-aux-Loges, le feu dans la cheminée, le joyeux bordel qui régnait dans la maison, l'odeur d'oignons, d'herbes confites et de viande s'échappant du four à gaz et le calme revenait en même temps que se desserrait l'étau qui lui vrillait le crâne. Son regard se posa sur la reproduction d'un tableau de Matisse punaisée par Jean-Marc sur le mur de la cuisine. Une femme seule avec un regard un peu triste. Elle lui ressemblait un peu.

Luigi Pareno n'en revenait toujours pas. Il avait pensé serrer le chef et sa compagne, et voilà que la « fille » avait surgi comme une récompense inespérée, un cadeau, une offrande. Lorsqu'il l'avait vue descendre du train à la gare d'Orléans, le vénitien de ses cheveux brillant dans la lumière du soir, il l'avait immédiatement reconnue. Il ne l'avait pourtant croisée que deux fois, mais à force de la renifler, de la deviner, il la connaissait mieux que quiconque. De ça, il était certain. Ce sentiment de proximité, il l'avait déjà ressenti dans d'autres enquêtes, mais jamais comme avec elle. En la regardant marcher d'un pas neutre sur le quai, les mains dans les poches de son blouson en cuir vieilli, son cœur s'était mis à battre si fortement qu'il avait craint que ses hommes ne l'entendent. Ils auraient été fichus de mal l'interpréter, de le charrier comme ils le faisaient de temps à autre.

Pareno était respecté de ses gars, mais parfois, il ne savait pas dire pourquoi, certains se permettaient des réflexions qu'il ne se serait jamais autorisées à leur place. Rien de grave, des petites blagues, de gentilles moqueries. Ça l'agaçait quand même. Il avait toujours cru que son air rogue le protégerait de toute forme de familiarité. Jamais il ne livrait d'informations personnelles, de confidences encore moins. Rien sur sa mère qu'il allait voir tous les étés à Vitrolles, où elle s'était réfugiée après des années de labeur dans la blanchisserie de Marseille qui lui avait brisé le dos et brûlé les mains. Rien sur son passé, son père disparu si tôt, les femmes qui avaient traversé sa vie, pas davantage sur ses fréquentations. Luigi Pareno était une tombe, un caisson hermétique, un sarcophage. Il préférait écouter les autres, ceux qui se plaisent à raconter chaque détail de leur quotidien. Il n'ignorait rien des disputes qui opposaient régulièrement Gérard et son épouse au sujet de la nécessité d'acheter ou non un lave-vaisselle (il était pour, elle était contre, elle préférait économiser pour d'hypothétiques vacances à la Grande-Motte dont les publicités la faisaient rêver). Il savait que Jean-Pierre n'avait pas que Françoise dans sa vie et que la belle Christine, qui servait les cafés dans leur bistrot favori, l'attendait depuis trop longtemps. Il connaissait les prénoms de chacun des enfants du bureau, leurs surnoms aussi, ceux de leurs chiens, de leurs chats, de leurs poissons rouges et de leurs tortues (pourquoi, nom de dieu, les tortues étaient-elles devenues des animaux de compagnie ? Cet engouement soudain l'avait scié). Il était au courant des problèmes de régurgitation du bébé d'Amélie qui les avait rejoints deux ans plus tôt.

Il savait aussi que l'enfant n'avait pas été reconnu par son père, et qu'elle en avait un autre, un garçon, plus âgé, qui souffrait d'un handicap et dont elle parlait peu.

C'était curieux, quand il y réfléchissait, ce déséquilibre. Il se demandait s'ils se rendaient compte qu'il en savait autant sur eux, quand ils ignoraient tout de lui. Ils s'en fichaient probablement. Son métier lui avait appris que certaines personnes aiment se livrer, d'autres pas. Les premiers ne sont pas plus généreux que les seconds. Ils se confient la plupart du temps par pur égoïsme, pour se soulager. Un regard appuyé, un air attentif, un mot d'encouragement leur suffit pour se lancer dans d'interminables confessions. Cette facilité à se raconter sans gêne apparente l'interrogeait. Pour sa part, il aurait préféré crever plutôt que de lâcher la moindre information sur sa vie. Certains collègues, peu observateurs, avaient bien tenté de lui poser des questions. Pareno n'avait pas pris la peine de leur répondre. Ils avaient rapidement compris qu'ils faisaient fausse route.

Les gars n'hésitaient pas pour autant à le chambrer. Ils avaient pigé son intérêt pour la fille. Il s'en foutait maintenant, c'était bientôt la fin. Si tout se passait bien, si le bain de sang était évité, dans quelques heures ils seraient menottés au sol, face contre terre, la langue sèche. Ce serait ensuite une autre histoire. À d'autres, plus capés que lui, aux officiels et aux matamores de se charger des interrogatoires, des interviews dans la presse et des rapports aux plus hautes autorités de l'État. Après plusieurs années de procédure, il serait sans doute convoqué au moment du procès. On lui demanderait de raconter sa traque entre deux expertises psychologiques ou balistiques, entre témoins à charge et à décharge. Il la reverrait à ce moment-là. Elle aura passé la trentaine, la prison l'aura abîmée. Elle sera tassée dans le box et lui droit à la barre. À quelques mètres l'un de l'autre, mais séparés par l'institution, dans deux mondes qui se frôlent sans vraiment se mêler. Il sera alors tenté de se tourner vers elle, de chercher son regard dans la masse de ses cheveux brouillons. Qui sait, peut-être croisera-t-il ses pupilles d'or, sachant pertinemment qu'elle ne fera pas attention à lui. Il restera à ses yeux un porc comme un autre, un piteux soldat du capitalisme, un pion dérisoire au service de l'oppression des masses.

Il n'avait plus que quelques heures à l'observer sans qu'elle le sache, à la scruter sans qu'elle le voie, dans l'ignorance totale de lui, de son corps engourdi par le froid, de sa respiration empêchée. Quelques heures à l'avoir rien qu'à lui, à portée de jumelles, vulnérable et insaisissable à la fois, encore libre, captive sans le savoir.

Ce soir-là, Joëlle regarda Nathalie et nota qu'elle avait grossi. Elle avait pris du ventre et des cuisses, de la graisse était venue se nicher en haut de ses bras, sur ses épaules et autour de son cou. Sa démarche s'était alourdie. À force de cuisiner toute la journée, ça lui pendait au nez. Joëlle s'en voulut de penser comme ça, c'était assez minable de sa part, indigne d'une révolutionnaire. L'apparence physique n'avait aucune importance. Seul le combat comptait, la lutte contre l'impérialisme à laquelle ils se consacraient tous. En la matière, Nat n'avait de leçon à recevoir de personne et Joëlle était bien placée pour le savoir. Elles avaient de nombreuses fois œuvré en binôme toutes les deux. Sa camarade l'avait épatée par sa conviction et son sang-froid. Nat était une épée, une détermination en fer forgé. De tout cela, Joëlle était convaincue.

C'était pourtant plus fort qu'elle, elle ne pouvait pas se retenir de l'observer en douce. À chaque fois qu'elle se rendait à la ferme, elle se livrait à un comptage mental des kilos pris par sa camarade. S'il n'y avait que cela : ses grosses lunettes ne lui allaient pas, sans parler de ses cheveux qu'elle avait laissés pousser n'importe comment et attachait à la va-vite. Ce n'était pas que Joëlle prêtât elle-même une grande attention à son allure. Elle s'habillait toujours de la même façon, des jeans, un t-shirt ou un pull selon la saison, son vieux blouson de cuir, elle n'avait pas besoin de plus. Mais de là à se laisser aller comme Nat... Cette forme d'abandon la questionnait. Et s'ils étaient tous devenus ainsi, des ploucs, des ringards, des campagnards mal fagotés traînant leurs bottes en caoutchouc autour du poulailler ? Comment rester droit et déterminé dans la lutte en se relâchant à ce point ? Jean-Marc s'était également épaissi, l'honnêteté l'obligeait à le reconnaître. Son ventre avait enflé, trace des viandes grasses, des tourtes et des pâtés goûtus confectionnés par Nat. Il avait perdu beaucoup de cheveux. Ce qui n'était qu'un début de calvitie quand elle l'avait rencontré sept ans plus tôt s'était transformé en dôme lisse et peu séduisant. Les poils avaient déserté le sommet de son crâne en ordre dispersé, sans logique ni harmonie.

Le regard de Joëlle passait de l'un à l'autre, une bouffée de colère s'était subitement emparée d'elle. Jamais ils n'avaient autant ressemblé à ces néoruraux venus de Belgique qu'ils prétendaient être. Leur alibi semblait s'être insidieusement mû en seconde peau. Le costume l'emportait sur la réalité, le masque sur le tempérament. À force de vouloir passer inaperçus, ils ne ressemblaient plus à rien.

Ce n'est pas bien, tu le sais que ce n'est pas bien. Ne pense pas comme ça. Tu ne peux pas t'arrêter de critiquer les autres cinq minutes ? Mais pour qui tu te prends, petite merdeuse ?

Joëlle ne savait pas dater cet affaissement qui avait entamé le corps et l'ardeur de Nat. Un glissement progressif probablement tout au long de ces quatre ans de clandestinité, un lent renoncement, à l'image de sa chevelure semblable à un fétu de son desséché. Elle s'était découvert une passion pour la cuisine. Blanquette de veau, poulet aux girolles, paupiettes, endives au jambon, elle écrivait minutieusement ses recettes sur des morceaux de carton qu'elle prêtait parfois à ses voisines. Quand elle ne cuisinait pas, Nat s'occupait de ses lapins, de ses cochons d'Inde et de sa chèvre. Elle désherbait le potager, courbée vers la terre et les tiges de ses courges, elle plantait des graines et arrosait les premiers plants de tomates avec une douceur étrange. Lors des discussions politiques le soir, elle était là sans y être. Joëlle surprenait parfois son regard perdu au loin, elle bâillait, répondait mécaniquement puis semblait glisser doucement vers un territoire connu d'elle seule. Joëlle s'était retenue plusieurs fois de la secouer. Elle admirait la combattante, son engagement total, sa rigueur dans les opérations, sa droiture. Nat n'avait jamais craqué, ni lors des interrogatoires, ni en prison. Sa main n'avait jamais tremblé sur la crosse d'un fusil. Elle lui devait le respect.

Mais putain, qu'est-ce qu'elle est devenue moche...

La clandestinité avait davantage abîmé Nat que Jean-Marc. Son regard à lui conservait une vivacité stupéfiante. Ses jumelles perpétuellement attachées autour du cou, il était aux aguets. Il suffisait d'un craquement dans le sous-bois, d'un sifflement au cœur d'un buisson, d'une porte qui claque, d'un croisement de feux au loin en lisière de forêt pour que son corps se remette immédiatement en tension. Il se dressait alors comme un fauve prêt à bondir. C'est ce que Joëlle aimait en lui, cette animalité, l'éclat des pupilles, la masse des muscles qui se révélait par moments sous la peau, tapie sous la bedaine, au taquet. Lorsqu'il se mettait à parler, il retrouvait l'autorité du combattant, l'assurance et la solidité qu'elle se sentait incapable d'acquérir un jour. Elle avait beau l'observer, étudier sa gestuelle, ses intonations, l'organisation implacable de son argumentation, elle avait beau s'entraîner, lorsqu'elle se retrouvait seule à parler fort et à insuffler de la gravité à son ton, elle se sentait godiche et sotte, petite fille peu dégourdie au milieu des adultes, une enfant pas finie.

Joëlle aimait quand Jean-Marc faisait le chef, quand il imposait le silence et tranchait. Ça la rassurait. Elle se disait qu'avec lui ils pourraient continuer à faire la guerre, quand bien même le peuple n'était pas prêt, quand bien même les capitalistes semblaient avoir gagné, quand bien même leur vicieux travail de sape avait entamé les ardeurs révolutionnaires des camarades les plus valeureux, quand bien même la répression avait fait courber les échines. Jean-Marc irait jusqu'au bout et jusqu'au bout elle serait à ses côtés.

Est-ce qu'il avait remarqué lui aussi ce voile de fatigue qui avait enveloppé sa compagne, la torpeur émolliente qui s'était diffusée sous sa carapace de combattante intrépide ? Difficile à dire. Ces deux-là avaient toujours veillé à ne rien montrer de leur intimité. La politique primait sur la vie personnelle, c'était la règle de l'engagement révolutionnaire. Jamais Joëlle ne les avait vus échanger une caresse, un baiser, un mot tendre. Maintenant qu'elle y pensait, elle se demandait s'ils faisaient encore l'amour.

Pas étonnant qu'ils aient mis autant de temps à les loger. Leur planque avait été choisie avec minutie. Pas trop loin de Paris où se trouvent leurs cibles, pas trop près non plus afin d'échapper aux coups de filet dans les caches habituelles. La clandestinité ne s'improvise pas et Rouillan et Ménigon n'avaient négligé aucun détail. Une ligne de train fréquentée à quelques kilomètres, reliant Paris à Orléans, pour se déplacer incognito parmi les voyageurs du week-end, la route rapide pour les trajets en semaine. La ferme était isolée, à 200 mètres de la route reliant Fay-aux-Loges et Vitry-aux-Loges. Tout autour, des champs faciles à surveiller. Seul accès possible, un chemin de terre emprunté de temps à autre par les paysans du coin. N'importe quelle camionnette de gendarmerie passant à cinq kilomètres à la ronde était immédiatement repérable. La localisation comportait aussi des risques qu'ils avaient dû prendre en compte. Dans ce genre de patelin, ça cancanait pas mal au comptoir des bistrots et dans les cours de ferme. Les « étrangers » étaient regardés avec suspicion. Les gendarmes consignaient immédiatement la présence de nouveaux arrivants. Lors des grandes opérations de 1979, un groupe de radicaux avait été arrêté dans une maison non loin de là. Ça avait fait jaser.

Les dingos avaient fait les petites annonces, ils avaient clamé leur ras-le-bol de la ville, leur besoin de terroir et d'animaux, d'air pur et de grand calme. Ils avaient insisté sur la beauté du coin. Le discours typique des néoruraux auxquels des propriétaires malins refourguent des baraques inlouables. Quand ils avaient trouvé exactement ce qu'ils cherchaient, ils n'avaient pas mégoté sur le prix et proposé une belle avance de billets. Pour le principe, Jean-Marc avait tout de même fait remarquer que la toiture n'avait pas l'air flambant neuve, ce n'était pas la peine que le type le prenne pour un pigeon non plus. Il lui avait mis le marché en main : en échange de la gratuité de l'eau, il ferait quelques travaux, notamment dans le poulailler qui était bordélique à souhait et dans la cave abandonnée depuis longtemps. « Ma femme adore les animaux, on va en profiter pour faire un peu d'élevage », avait-il glissé en regardant Nathalie qui avait à son tour gratifié le loueur d'un sourire timide. C'était bien vu. Les travaux leur permettraient d'aménager la taule comme ils l'entendaient sans éveiller les soupçons des vendeurs de matériaux du coin. Ils avaient topé avec le proprio, chacun convaincu d'avoir fait une bonne affaire.

Ils n'étaient décidément pas si cons que ça dans leur genre, s'était dit Luigi Pareno quand ses collègues avaient enfin repéré le lieu et le lui avaient montré sur une carte IGN. Qui aurait pu imaginer ces salopards dans un trou pareil ? Ils surveillaient les villes, Paris, Toulouse, mais aussi Bruxelles et Berlin. À force de les chercher, ils les imaginaient parfois au bout du monde. Rouillan et Ménigon avaient redoublé de prudence. Le couple s'était fondu dans le décor, allure tranquille, pépère, fringues d'occasion. Jean-Marc s'était laissé pousser la moustache, Nathalie s'habillait comme un sac. Leur couverture était impeccable. Rouillan avait pris l'identité d'un vrai magistrat belge en disponibilité. Il se prétendait à la recherche d'un lieu paisible pour rédiger une étude sur la criminalité. Pas bête. En matière de procédure judiciaire, il est vrai que le gus, plusieurs fois incarcéré, en connaissait un rayon. Il n'avait eu qu'à potasser l'histoire de la Belgique pour se sentir à l'aise dans les discussions de voisinage. Quelques données sur les institutions et la politique, un topo sur la querelle ancestrale entre les Wallons et les Flamands (ce n'était pas le plus simple), un ou deux couplets de l'hymne national et le tour était joué.

Pareno se demandait comment Jean-Marc avait réussi à camoufler son accent toulousain, ça n'avait pas dû être de la tarte. L'histoire de la thèse à écrire avait un sérieux avantage : ceux qui les apercevraient décharger des caisses de papier et du matériel à ronéotyper ne seraient pas étonnés. Nadine et Robert, comme ils se faisaient appeler, s'étaient dotés d'identités légales faciles à vérifier en cas d'enquête. Ils avaient fait leur déclaration de domiciliation à la mairie sous leurs noms d'emprunt. Ils avaient même poussé le vice jusqu'à se signaler aux impôts et aux autres administrations, les enfoirés.

Les villageois les avaient facilement adoptés. Une nuit d'hiver, Nadine et Robert s'étaient portés au secours d'un couple de retraités dont la maison était en train de cramer à cause d'une cheminée qui tirait mal : leur élan de bravoure avait fait le tour des hameaux. Si Robert restait distant et taiseux, Nadine socialisait à tour de bras. La révolutionnaire à la gâchette facile s'était fait ami-ami avec les familles du coin, tapait le carton les jours d'ennui et rendait de menus services. Elle avait gardé les gosses d'une voisine, passait du temps avec une grand-mère. À croire qu'elle se faisait sérieusement chier. Jean-Marc était moins souvent là, il multipliait les allers-retours à Paris, il avait des gens à voir, des archives à trouver, des banques à repérer. Les paysans trouvaient ça logique à cause de son métier, auquel ils ne comprenaient d'ailleurs pas grand-chose. Les commerçants se contentaient d'apprécier ces nouveaux venus qui payaient leurs courses sans broncher, pas comme ceux de la vague 68, ces chevelus qui laissaient crever les chèvres et n'avaient jamais un rond en poche. Les hippies étaient repartis, bon débarras. On avait assez de soucis dans les campagnes pour ne pas en rajouter avec des drogués. Les ministres successifs les bassinaient avec la compétitivité, la nécessité de se moderniser. Il fallait désormais passer les heures libérées par les travaux des champs dans les couloirs des agences bancaires pour s'endetter sur les générations à venir. Les moissonneuses-batteuses en jetaient, mais ça foutait un peu la trouille, tous ces changements. Même là, pas très loin de la capitale, on se sentait largué et on suivait le mouvement par peur du pire davantage que par conviction. Dans ce contexte, des nouveaux qui ne font pas d'histoires, c'était toujours ça de pris. Il y avait bien un ou deux crétins qui avaient juré après coup qu'ils se doutaient de quelque chose : ces voisins étaient, réflexion faite, un peu « bizarres », ils avaient l'air de cacher quelque chose. Pareno s'était bien marré. Il les connaissait par cœur, ces petits malins qui essayent d'avoir l'air moins cons que leurs copains en laissant entendre qu'ils avaient tout compris. La vérité, c'est que personne n'avait rien flairé dans les environs. Pas même les gendarmes, qui avaient déboulé une nuit à la ferme. Ils étaient descendus de leur 4L et avaient posé quelques questions à Jean-Marc qui fumait dehors. Des voisins leur avaient signalé avoir vu de la lumière. Normal, avait répondu le locataire belge, puisqu'ils habitaient là. Les pandores étaient repartis en s'excusant, ils n'avaient eu aucun soupçon. Plus tard, Nat en avait croisé plusieurs. Ils venaient s'approvisionner en œufs et en lait à la même ferme qu'elle. Un jour, elle s'était retrouvée à prendre le café avec un adjudant de Châteauneuf. C'est dire s'ils avaient tous eu des paquets de fumier dans les yeux, et ça aurait pu durer un sacré bout de temps comme ça.

Si Ménigon n'était pas devenue une mémère à chienchien, les collègues en seraient toujours à renifler au mauvais endroit. C'était comme ça qu'ils appelaient désormais la terroriste la plus recherchée de France, « mémère à chienchien ». C'était un peu vachard et pas complètement vrai. Son truc à Nathalie, c'était les animaux en général. À Vitry-aux-Loges, la reine du canard à l'orange, une de ses recettes favorites, avait pu donner libre cours à son dada. Hamsters, lapins, chèvres, l'ancienne ferme avait retrouvé une partie de ses couleurs d'antan. Ménigon avait elle-même réparé les clapiers, délimité un espace pour les poules, acheté une chèvre à un voisin. Sa passion pour les bêtes figurait depuis un moment sur sa fiche des Renseignements généraux. Les agents n'avaient jamais su quoi faire de l'information. Il faut parfois être au bout du rouleau pour trouver la bonne idée. Pour le coup, ça relevait du génie, Pareno le reconnaissait d'autant plus facilement qu'il n'y aurait jamais pensé lui-même. Le type qui avait eu l'intuition de ratisser toutes les animaleries et les fournisseurs de graines de France, portrait-robot à la main, méritait une médaille. D'autres en avaient décroché pour moins que ça. Le raisonnement de l'agent était limpide : il fallait bien qu'elle leur donne à bouffer à ses hamsters, la Ménigon. Les lapins passe encore, ça mange n'importe quoi, une salade ou un morceau de carotte, les poules, c'est encore plus facile, du gras de jambon ou un reste de biscotte, mais les cochons d'Inde ça ne s'improvise pas. Ces petits rongeurs ont besoin de cages, de roues pour se dégourdir les pattes, de graines, d'un distributeur de flotte, tout un tas de trucs de spécialiste, impossible à bricoler tout seul. L'intuition du jeune avait fini par payer. La vendeuse d'une animalerie des environs avait reconnu « Nadine » sur la photo que les agents lui avaient fourrée sous le nez. Une surveillance avait été mise en place dans les villages les jours de marché et près des commerces. Bingo.

Joëlle aurait aimé naître quelques années plus tôt, avoir 20 ans en mai 68 et monter sur les barricades, traîner ses baskets dans les usines occupées, tracter dans les amphis, se frotter avec la flicaille le soir venu. Elle avait le sentiment rageant d'être arrivée trop tard. Les aînés avaient vécu le meilleur, l'époque de tous les possibles : faire la révolution, mettre à bas l'État tortionnaire, donner le pouvoir au peuple. Puis ils s'étaient lassés sans voir que tout était à portée de main, qu'il s'en serait fallu d'un rien pour renverser les nervis impérialistes. Les trotskos, les maos, les gauchos de toutes obédiences avaient baissé les bras. Ils avaient volé les rêves des ouvriers, trahi la confiance des pauvres. Ils s'étaient fatigués avant même d'avoir véritablement commencé à agir. Ils pactisaient avec la social-démocratie, ils entraient dans les lieux de pouvoir comme des rats affamés, monnayaient leurs diplômes et leur habileté à établir stratégies et tactiques contre des emplois sûrs et grassement rémunérés. Ils prenaient des salaires en échange d'un retour au calme et à l'ordre. Ils avaient déserté les luttes, on ne les voyait plus aux côtés des opprimés, des immigrés et des proscrits, dans les squats et les taudis, pas davantage aux portes des usines. On les retrouvait occupant les hauts postes à l'université, à la tête des journaux et même dans les grands groupes industriels. Ils faisaient de l'argent quand eux apprenaient à se servir d'un fusil d'assaut.

Leur indécence lui donnait envie de gerber. Ils s'étaient révélés pires que ceux qu'ils avaient combattus, plus cyniques que les bourgeois contre lesquels ils avaient prétendu se dresser, car au moins, du côté des milices d'État, on ne jouait pas à faire semblant. Joëlle était convaincue que si elle était arrivée plus tôt dans la lutte, si des gens comme elle, prêts à tout, avaient été là, ils auraient pu empêcher cette dérive, la funeste déréliction, la lâcheté collective des chefs de 68.

Jean-Marc, lui, n'avait pas renoncé. Elle aimait l'entendre parler de ses débuts militants à Toulouse, de ses déambulations entre l'avenue des Minimes et la rue de Negreneys avec son copain Mario. Ensemble, ils s'étaient engagés dans les comités d'action lycéens créés après l'insurrection de mai. Ils avaient enquillé les manifs, appris à argumenter et à se battre. Ils s'étaient formés au maniement des explosifs, avaient fomenté leurs premiers attentats. Au tout début des années 70, alors qu'elle jouait encore à la corde à sauter dans son école pour filles, les cheveux blonds tressés en deux nattes impeccables, ils avaient déjà constitué leur groupe autonome libertaire « Vive la commune de 1871 ». Ils vivaient en bande, leur cause était juste, leur guerre lumineuse. Certains d'entre eux étaient des enfants de réfugiés espagnols anti-franquistes. Joëlle pouvait les voir comme si elle avait été des leurs, la beauté de leurs traits, leurs peaux hâlées, le jais de leurs cheveux touffus, le diamant de leurs yeux noirs. Ils avaient grandi sous le regard de héros tombés pendant la guérilla contre Franco, le général honni, morts au combat, torturés ou fusillés, garrottés comme des cochons, ces hommes dont les portraits ornaient les murs des maisons qui les abritaient et gardaient leurs secrets. Ils avaient commencé par écrire, ronéotyper et diffuser des tracts et des journaux subversifs en catalan, puis s'étaient engagés dans la bagarre avec les flics avant de se lancer dans leurs premiers sabotages. Ils s'étaient procuré des armes, un petit 7,65 mm, quand elle tremblait encore devant les fusils de chasse de son grand-père rangés dans l'armoire vitrée du château familial.

Cette chance, cette chance, cette chance qu'ils ont eue ! Quand auras-tu toi aussi une histoire glorieuse à raconter ? Est-ce que tu sauras être autre chose qu'un petit pion dans la mise à bas du système ? Se souviendra-t-on de toi ? Ça y est, tu débloques... Arrête de faire ta gamine. Tu es ridicule avec ton ego et tes rêves de grandeur. Tu me fais honte.

En 1971 – Joëlle n'avait pas 12 ans – Jean-Marc créait avec ses compagnons de lutte une organisation armée destinée à aider les différents collectifs de part et d'autre des Pyrénées. Ils traversaient la frontière en douce par les sentiers escarpés pour acheminer aux camarades espagnols machines et matériel de propagande. Ils avaient ensuite commencé les « expropriations », ces attaques de banque dont le butin servait à financer la clandestinité et les opérations. Joëlle ne pouvait s'empêcher de frissonner lorsque Jean-Marc racontait sa vie à Barcelone caché dans un appartement avec le héros dont le nom la tenait en respect, Salvador Puig Antich. Elle connaissait chaque détail de son martyre : la traque acharnée dont il était l'objet, le piège tendu par la police espagnole au métro Girona, la terrible fusillade qui s'était ensuivie, le flic tué. Puig avait été grièvement blessé lors de l'échange de tirs. Cinq mois plus tard, les salopards franquistes l'avaient retrouvé et salement assassiné.

Pourchassé lui aussi, Jean-Marc avait dû se replier sur Toulouse. C'est là, en 1973, avec quelques rescapés de la lutte armée autonome, qu'il avait monté une nouvelle organisation, les Gari. Enlèvements, attentats, comme en Allemagne et en Italie, il poursuivait par tous les moyens la lutte anticapitaliste et internationaliste. Jean-Marc avait été arrêté à Paris en décembre 1974, déféré pour plusieurs affaires, dont l'attentat contre le consul d'Espagne à Toulouse, et jeté en prison. Après la mort de Franco, il avait été gracié en mars 1977 par le roi Juan Carlos qui prononça contre lui une expulsion à vie du territoire espagnol. Coincé en France, il avait jeté alors les bases de ce qui allait devenir Action directe.

De cette histoire-là, qu'elle avait ratée et dont elle savourait les récits, de ce mythe fondateur, Joëlle s'était fait la promesse d'être à la hauteur.

Tout avait basculé le 1er mai 1979 et Luigi Pareno avait été le premier à le comprendre. Ce jour-là, la fête du Travail avait pris un goût de cendre. Le bruit des détonations avait recouvert le claquement des slogans, perturbé le grésillement des mégaphones, affolé les fréquences radio de la police. L'odeur des explosifs avait pris le pas sur le picotement des bombes lacrymogènes. Les autonomes basculaient dans la lutte armée. Alors que les syndicats et les partis de gauche défilaient tranquillement dans les rues de Paris, sûrs de leur importance et de la justesse de leur combat, les plus radicaux fourbissaient leurs armes. En ce printemps moite, la tension sociale avait franchi un cran. Il s'en était fallu de peu, en novembre 1978, pour que la gauche remporte les élections législatives. Après un moment d'abattement, François Mitterrand et ses alliés avaient repris confiance. La victoire était à portée de main. Les socialistes, alliés aux communistes, incarnaient la plus efficace opposition au pouvoir giscardien, actant ainsi l'échec des trotskos et des maos. L'alternance approchait, ils en étaient convaincus, tant la colère populaire grandissait. Le gouvernement jetait, sans même s'en rendre compte, des cohortes d'ouvriers délaissés dans les bras de la gauche. En février, le ministre de l'Industrie André Giraud avait annoncé un plan de restructurations. La mort des bassins sidérurgiques était programmée, comme l'envoi de dizaines de milliers de travailleurs à la casse. Le 23 mars, la plus grande manifestation depuis 68 avait envahi les rues de Paris en soutien aux forçats de Longwy à qui l'on expliquait désormais que les années de labeur et de souffrances, d'accidents et de misère seraient balayées par le mouvement de l'Histoire. À défaut de grand soir révolutionnaire, un changement par les urnes devenait une possibilité.

Mais cette gauche en embuscade n'était pas du goût de tous. Bien trop institutionnelle, tiède, compromise et corrompue aux yeux des plus enragés. Ce 1er mai, alors que l'immense cortège se déployait tranquillement sur les artères de la capitale, relayé par des centaines d'autres dans les grandes villes et les sous-préfectures, une petite armée se préparait dans l'ombre. Loin des banderoles, des fumigènes et de la démonstration de force pacifique, Jean-Marc Rouillan et sa compagne Nathalie Ménigon mitraillaient à bord d'une R6 bleue la façade du CNPF au 31 avenue Pierre-Ier-de-Serbie, en plein cœur du triangle d'or de la bourgeoisie parisienne. Le signal envoyé était clair : terminées les poses de bombes dans l'anonymat de la nuit, l'extrême gauche sortait en plein jour et à visage découvert, armes à la main, défi ultime au pouvoir en place.

Le groupe n'avait pas choisi sa cible au hasard. Depuis sa création, AD, conçu comme un mouvement d'autonomie pour le prolétariat, avait planifié de s'attaquer aux temples du patronat. Les heures suivantes, une dizaine de bombes explosaient dans la capitale : agences ANPE, permanences de l'UDF, le parti du président, façade de la banque Rothschild, symbole du capitalisme. Les assaillants s'en étaient également pris à plusieurs commissariats de police. Aucune victime n'était à déplorer, mais le ministère de l'Intérieur avait entendu le message : une poignée d'irréductibles étaient décidés à imposer la guérilla urbaine. Luigi Pareno espérait qu'on l'écoute enfin. Rien n'arrêterait Rouillan et sa clique, il fallait les pourchasser sans relâche, les traquer, les asphyxier, leur faire rendre gorge.

Et voilà cette fichue nostalgie qui la saisissait à nouveau. Lors des longues journées de solitude imposées par la clandestinité et en particulier quand elle se trouvait dans le jardin, dans cette nature qu'elle n'avait jamais appris à aimer, Joëlle se laissait parfois gagner par la tristesse. Elle se souvenait alors de ses années de squat comme de moments effervescents et joyeux. En cette fin des années 70, les lieux de ce genre pullulaient dans la capitale. Certains camarades y restaient plusieurs jours ou quelques semaines. D'autres y avaient élu domicile à l'année. Il y avait là des artistes, des étudiants, des immigrés sans papiers qui partaient aux premières lueurs de l'aube, des drogués amorphes, des musiciens sans emploi, des clochards au regard doux, des femmes investies dans des associations, des professeurs d'université bavards, des hommes qui s'autoproclamaient chefs de groupe. Dans les squats, on dormait, on mangeait, on baisait, on travaillait, on faisait la fête, on parlait, on militait. On n'était jamais seul. C'était surtout ça qui lui avait plu. Lorsqu'elle avait décidé de quitter sa famille pour rejoindre l'appartement où logeait son copain du moment, ce n'était pas pour des raisons politiques, elle le reconnaissait volontiers. Après avoir raté son bac, elle s'était inscrite un peu par hasard à l'université de Vincennes. On y accueillait les sans-diplôme, les originaux et quelques exaltés, on y vantait une autre façon d'enseigner, l'enterrement foutraque du mandarinat et de la hiérarchie entre le maître et l'élève désormais considéré comme un égal. Même si tout ça laissait Joëlle un peu sceptique, l'aventure méritait d'être tentée. Et puis, elle n'avait pas de plan alternatif à part retourner au lycée comme ses parents la suppliaient de le faire. Tenir un an de plus dans ce bahut catholique était inenvisageable. À cette évocation, elle avait regardé son père droit dans les yeux : « Plutôt crever. » Elle préférait encore s'épuiser à l'usine que subir à nouveau le catéchisme bourgeois d'une institution qui l'étouffait. Vincennes lui avait paru une bonne option. Le premier jour, elle s'était paumée dans le campus et avait été tentée de repartir. Une fille aux cheveux très courts, vêtue d'une veste en velours côtelé noisette, l'avait alors abordée : « T'es nouvelle ici ? » Elle lui avait tendu une cigarette, un geste simple et gratuit que Joëlle avait trouvé cool. La fille s'appelait Élisabeth et était inscrite, comme elle, en cinéma. À la différence qu'elle avait l'air de s'y connaître déjà pas mal. Joëlle avait choisi la matière un peu au hasard, par élimination, ça lui avait semblé sympa. Élisabeth l'avait entraînée vers un groupe assis sur la pelouse autour d'un type plus âgé qui s'était révélé être un prof. Ça discutait prolétariat et éducation populaire, accès à la culture pour tous et matérialisme historique. Joëlle n'était pas certaine d'avoir tout compris, mais elle s'était plu au milieu de cette assemblée, découvrant une forme de liberté qu'elle n'avait pas imaginée possible jusque-là. Elle avait délaissé les cours et s'était laissé étourdir par le bouillonnement des débats entre les différents groupuscules de la gauche, le brassage des idées, le brouhaha rieur des assemblées générales qui ponctuaient les journées de l'enceinte universitaire. Elle happait tout ce qu'elle pouvait, avalait ce nouveau savoir comme on se jette un jour de grande chaleur sur une boisson désaltérante. Elle se forgeait à toute vitesse et de façon brouillonne une identité militante, elle gagnait ses galons antisystème. Elle rejetait avec jubilation tout ce qu'on lui avait inculqué depuis le plus jeune âge, le respect d'un certain ordre social, l'obéissance aux règles ancestrales, la domination des classes supérieures et de l'argent, la toute-puissance des hommes. Elle revenait chez ses parents des mots de révolte plein la bouche, elle leur reprochait leur aveuglement, leur criait son dégoût de les voir si indifférents au sort des opprimés. Au début, ils avaient maladroitement essayé de se défendre. Ils ne se sentaient pas vraiment concernés par ses attaques. Ils avaient du mal à s'identifier à la caste des dominants honnie par leur fille. Leurs racines bourgeoises s'étaient asséchées depuis longtemps et leur déclassement effaçait les souvenirs des temps prospères. Le luxe s'était retiré de leurs maisons et l'arrogance de leur façon d'être. Il y avait bien un château de famille, vestige d'une grandeur passée, mais chez les Aubron, on n'avait jamais exploité personne. Pas de femme de ménage ni de chauffeur, de cuisinier encore moins. Le père conduisait la voiture, ses trois petites gamines blondes à l'arrière. La mère s'occupait des courses, des repas et de la bonne tenue de l'intérieur familial. Répartition traditionnelle que Joëlle se jurait de ne jamais reproduire. Sur sa carte d'identité, il était écrit qu'elle était née à Neuilly. Elle se serait bien passée de cette mention. Elle lui attirait les moqueries de ses nouveaux amis. Comment leur expliquer que depuis longtemps déjà, sa famille ne pouvait plus loger à son aise dans les quartiers huppés ? C'était aux Batignolles puis dans le XIIIe arrondissement, où pullulaient encore des taudis, qu'il avait fallu se retrancher. Une fois l'école privée payée – ça ils y tenaient, question de principe –, ses parents ne roulaient pas sur l'or. Elle savait tout ça, mais elle ne voulait pas entendre, ils étaient encore bien trop nantis à son goût.

Vous ne comprenez vraiment rien du tout ou vous le faites exprès ? Ce n'est pas possible d'être aussi cons !

La moindre conversation prenait un tour aigre. Elle était à l'affût de chaque geste, chaque propos pour les prendre à la gorge, les accabler de reproches. Elle criait plus fort, assénait mots et concepts qu'ils ne comprenaient pas et qui les laissaient sans voix. Alors ils avaient décidé de la laisser parler, de la laisser les agonir devant le rôti préparé avec soin, la salade verte peu assaisonnée et les pommes boulangères : à quoi servait de la contredire, sinon à la braquer davantage ? Elle avait toujours été impétueuse, s'emportant pour un rien, butée comme un chien décidé à marquer son territoire. Un côté cabochard qui les avait conduits, dès son plus jeune âge, à craindre ses colères et qui ne s'était pas arrangé en sortant de l'enfance. Ils en avaient maintes fois parlé ensemble, dans le noir de leurs nuits, s'interrogeant sur ce qu'ils avaient bien pu rater. Ils avaient longtemps espéré un apaisement qui ne vint jamais et s'étaient finalement résignés, soudés dans l'adversité face à cette jeune fille qui leur semblait de plus en plus lointaine.

Ils se taisaient désormais face à ses cris. Ils attendaient que la vague passe et s'essouffle d'elle-même, qu'à force leur fille se fatigue. Et ça se terminait souvent comme ça. Joëlle tournait en rond dans ses raisonnements, s'emmêlait dans ses argumentations, la respiration rauque et les joues rouges comme un taureau sonné dans l'arène. Elle finissait à un moment par baisser les armes et les yeux. Le débit de sa voix se calmait progressivement, comme si se taire d'un coup aurait signifié une insupportable abdication. Elle tendait alors son assiette à son père, signe qu'elle acceptait de poursuivre le repas avec eux, de partager leur chère, quoi qu'il lui en coûte. Elle repartait une fois la salle à manger remise en ordre, les plats débarrassés, le broc d'eau vidé, la nappe à fleurs secouée par la fenêtre donnant sur la rue, les serviettes brodées rangées dans le tiroir du buffet, la vaisselle faite. Auparavant, elle se saisissait du torchon et essuyait les couverts en argent que sa mère lavait à grande eau. Pendant quelques minutes leurs épaules se frôlaient face à l'évier, racontant une tendresse enfouie qu'elles ne savaient plus se dire.

Papa, maman, pardon. Je ne voulais pas vous faire de peine. Ne me regardez pas avec ces yeux si tristes, s'il vous plaît, ou je vais me mettre à pleurer moi aussi.

Joëlle ne précisait jamais où elle allait, si elle rentrait dormir ou non. Les parents ne lui demandaient rien. Ils avaient compris que la moindre contrainte qu'ils essayeraient de lui imposer rendrait son départ irréversible. Leurs efforts et leur résignation n'avaient pas suffi à la garder près d'eux. Leur fille n'avait pas tardé à s'éloigner. Elle avait confié à l'une de ses sœurs être tombée amoureuse. Elle en avait assez des prisons, celle de la famille, de l'école, des règles et des normes. Elle voulait vivre autrement, se mettre au service des déshérités et des exploités. Il y avait des luttes à mener et elle y avait sa place. Les parents n'avaient pas grand-chose à dire sur son engagement car à la vérité ils trouvaient eux aussi, à leur façon, que le monde ne tournait pas complètement rond. La drogue, en revanche, ils étaient moins d'accord. Ils avaient remarqué son air absent, ses endormissements soudains, les phases d'excitation et d'abattement, l'argent qui se volatilisait des porte-monnaie.

Ils avaient deviné pour l'héro, ils lui en avaient parlé, elle n'avait pas nié. Elle disait que ce n'était pas un problème, qu'elle pourrait arrêter quand elle voulait. Elle « gérait ». C'était de son âge, un divertissement comme un autre en quelque sorte, pas plus grave que les fils de leurs amis qui avalaient des alcools blancs à s'en tordre le ventre. Elle invoquait sa liberté. Ils répondaient asservissement, pensant que ça résonnerait en elle, évoquaient les trafics, les misérables mules exploitées à l'autre bout du monde. Elle haussait les épaules, la discussion s'achevait ainsi, une incompréhension de plus. Quelques jours plus tard, elle leur avait glissé : « Ne vous inquiétez pas, je fais attention. » Ils l'avaient serrée dans leurs bras, elle les avait embrassés. Ils s'aimaient encore.

Papa, maman, vous allez me manquer. Faites attention à vous, ne vous faites pas de souci pour moi. Promis ?

Dans les semaines qui avaient suivi son départ, elle était revenue régulièrement dans l'appartement familial. Elle y récupérait des disques, des livres, une ceinture oubliée, un pull en laine contre le froid, une couverture. Quand les parents la virent glisser sa lampe de chevet dans un sac en plastique, puis quelques jours plus tard déménager son matelas et un tabouret pliant, ils comprirent qu'elle était partie pour de bon.

Joëlle n'avait pas vraiment pris la décision de ne plus rentrer. Elle s'était sentie happée par l'atmosphère du squat et y passa de plus en plus de temps jusqu'à s'y installer tout à fait. Tout lui plaisait là-bas : la clope fumée dès le matin autour d'un café, les allées et venues permanentes, les visiteurs d'une nuit auxquels on ne posait pas de questions, l'organisation démocratique qui régissait le quotidien, la solidarité érigée en principe souverain. Chaque décision importante était précédée d'une discussion et d'un vote à main levée. Au début, elle avait eu du mal à s'habituer à ces palabres sans fin, elle s'ennuyait un peu, gigotait sur son coussin, se levait au moindre prétexte. Puis elle avait pris goût aux joutes verbales, aux engueulades et à la contradiction, même si elle n'y participait pas trop.

Au squat, la vie quotidienne – tours de cuisine ou de ménage, organisation des tâches – occupait une grande partie du temps. La politique s'infiltrait partout. Entre les discussions spontanées dans les couloirs, les réunions dans la pièce commune, les séances de rédaction de tracts, la préparation des manifs, les actions de terrain, les journées filaient à toute allure.

Enfin, enfin, la vie commence !

Joëlle avait l'impression d'avoir rencontré des gens qui la comprenaient, qui partageaient ses préoccupations et sa manière de voir le monde. Dans le lot, il y avait bien quelques je-m'en-foutistes, des fumeurs de pétards qui se débinaient dès qu'il s'agissait d'aller à la castagne contre les condés, des gars et des filles en rupture de ban qui cherchaient une famille, un mode de vie sans contraintes. Leur principale activité semblait être de trimballer leur sac de couchage crasseux d'un endroit à un autre, la révolution servant d'alibi pour échapper au travail et à ses règles. Et il y avait les purs, des camarades déterminés qui se radicalisaient au fur et à mesure que la police évacuait les squats du XIIIe et ceux du XXe, des camarades qui ne se contentaient pas de faire le coup de poing dans les défilés, qui, comme elle, voulaient monter des opérations de A à Z.

Elle avait adoré cette période, les soirées à rire et à fumer, les bières et les secrets partagés, les livres échangés, le butin des vols réparti équitablement, le jeu du chat et de la souris avec les flics, les réveils en sursaut par les coups de bélier des gendarmes dans les portes d'entrée, les échappées par les toits en s'esclaffant, les premiers attentats contre les agences d'intérim, symboles de l'exploitation du prolétariat. C'était une époque bénie à laquelle elle ne pouvait s'empêcher de repenser, un point d'équilibre, un moment suspendu, un semblant de perfection, où le plaisir avait sa place au côté de la lutte, où faire l'amour et rigoler n'étaient pas incompatibles avec l'engagement. C'était avant que l'État ne décide de les anéantir.

Entre l'été 1978 et l'hiver 1979, les forces de l'ordre partirent à l'assaut des squats de la capitale. La doctrine gouvernementale avait évolué, il n'était plus question de laisser tranquillement prospérer des îlots de contestation. Le scénario était immuable. Les poulets arrivaient aux premières lueurs de l'aube lourdement armés, défonçaient bruyamment les portes, faisaient exploser les serrures et les vitres. Une fois à l'intérieur, ils se déployaient comme des chiens affamés, hurlant des injonctions, jouant de la matraque, distribuant calottes et coups de pied, menottant à tour de bras. Comme ils y allaient, les enfoirés. Fini de rire. Une fois tout le monde évacué, un rapide tri s'opérait sur le trottoir : les familles étaient priées d'aller voir ailleurs sans même récupérer leurs affaires, les sans-papiers et les militants jetés dans les paniers à salade pour de longs et pénibles interrogatoires. Quand ils en ressortaient, le squat avait été muré, leurs fringues et leurs meubles entassés dans des bennes à ordures, prêtes à partir pour la déchetterie la plus proche. Sous le vocable d'« expulsion », les flics se livraient à des assauts mûrement réfléchis. Ils ne se contentaient pas de les intimider comme par le passé. Les roulements de mécaniques n'étaient plus d'actualité. Ils étaient là pour fermer définitivement la parenthèse des squats, ce mouvement puissant qui faisait des émules un peu partout dans les grandes villes et qui leur échappait. Ils étaient déterminés à les éradiquer.

Les opérations policières donnaient parfois lieu à de petites émeutes. Alertés par le bruit et les hurlements, certains voisins venaient mettre leur grain de sel, s'interposaient, demandaient aux flics de leur foutre la paix. La plupart du temps – et Joëlle était bien obligée d'en convenir – les riverains étaient contents de les voir dégager. Les anciens squats seraient ensuite transformés en logements neufs remplis de petits-bourgeois sans histoires qui feraient grimper le prix de l'immobilier du quartier.

Pendant six mois, condés et squatteurs s'étaient livrés un combat inégal, quoique épuisant pour les deux camps. Dès qu'un lieu fermait, un autre était investi. Les informations circulaient vite et efficacement dans les réseaux gauchos et autonomes. Quand elle avait eu vent des premières attaques contre les friches occupées du XIIIe, Joëlle avait décidé de s'investir davantage dans la lutte. Les différents groupes s'étaient éparpillés, les structures avaient éclaté, des figures historiques s'étaient évaporées. Il fallait remettre de l'ordre dans tout ça, médiatiser les expulsions brutales, sensibiliser la presse « amie » à leur cause, émouvoir l'opinion publique pour empêcher la fermeture des lieux. Certains tenaient mieux que d'autres. Les camarades arrivaient à convaincre quelques soutiens politiques, des associations de quartier organisaient la riposte. D'autres se laissaient balayer au premier coup de botte. Il fallait ensuite repérer de nouveaux endroits, investiguer pour les occuper, les sécuriser, les garder. Joëlle s'était retrouvée à prendre des décisions, à organiser les réseaux désarticulés, à regonfler le moral des troupes. La tâche était colossale, elle avait dû y aller mollo sur la came et la picole, ce qui la rendait irritable. Elle avait de plus en plus souvent la désagréable impression de s'agiter en vain. Les expulsions en série usaient les ardeurs. Le projet politique s'épuisait à chaque avancée des forces de l'ordre. Les attaques de l'État révélaient la faiblesse intrinsèque du mouvement. La dynamique des débuts et la détermination à combattre s'étaient peu à peu étiolées. Le modèle des squats atteignait ses limites, il n'était pas à la hauteur de l'enjeu révolutionnaire.

La police jubilait. Elle reprenait le contrôle et les anars courbaient l'échine. En s'en prenant aux lieux emblématiques du XIIIe et du XX e, les flics savaient ce qu'ils voulaient : décourager les moins motivés. C'était bien vu. À force de déménagements brusques, lassés de perdre le peu qu'ils possédaient, de nombreux occupants rentraient chez leurs parents ou s'évanouissaient dans la nature. Joëlle commençait à en avoir sa claque de courir après les uns et les autres. Chacun était libre, après tout, c'était l'esprit même des squats, inventer de nouvelles relations basées sur le refus des obligations. Elle se sentait impuissante face à la démobilisation, ne parvenait pas à convaincre ceux qui n'y croyaient plus et elle se disait, gagnée elle aussi par la lassitude, que s'ils avaient perdu le goût de la lutte, il ne servait à rien de les y contraindre. La cause était trop importante pour s'encombrer de révolutionnaires déconfits. Joëlle décida de se concentrer sur un noyau dur, laissant les bouffons reprendre leurs trompettes et amuser la galerie. Elle avait mieux à faire.

C'est ton tour, ma grande. Finie la blague. Tu as un rôle à jouer. Assume tes responsabilités, cesse de faire l'enfant.

Avec un groupe de camarades motivés, elle restait convaincue qu'il fallait maintenir la pression contre l'impérialisme. Pendant de longs mois, ils avaient mené campagne contre la participation de l'équipe de France de football au Mondial de 78 en Argentine. Toutes les forces de gauche s'étaient unies pour dénoncer la dictature, les manifestations se multipliaient. Il fallait dessiller les yeux des populations, révéler les compromissions des pseudo-démocraties, leur faire honte de transiger ainsi avec le fascisme. Les autonomes voulaient aller plus loin. Ils profitaient du mouvement pour dénoncer la cohorte des tortionnaires latino-américains, ces généraux d'opérette qui étranglaient les peuples avec la complicité des Américains, l'appui de la CIA et le fric des multinationales.

Mais, une fois de plus, ils avaient manqué de troupes, de poudre et de bras. Un attentat au cocktail Molotov avait été commis contre la façade de l'ambassade d'Équateur pour protester contre l'assassinat de grévistes d'un complexe sucrier par la milice locale. Ce n'était pas grand-chose, mais c'était mieux que rien.

De ce début des années 80, Joëlle gardait un goût amer au fond de la gorge et ce n'était pas celui de la cocaïne dont elle se badigeonnait allègrement les gencives dès que l'occasion se présentait. Cette amertume-là était parée des pigments du dépit et de la colère. Le mouvement des squats avait perdu le sens de l'engagement. Joëlle avait vu l'individualisme prendre insidieusement le pas sur le collectif. Avec une poignée de camarades, elle commença à envisager des actions plus radicales. Il ne fallait pas compter sur les squatteurs pour mettre à bas le système, ils se ramollissaient comme glace au soleil.

Laisse-les végéter, il n'y a plus rien à attendre d'eux. Trace ton chemin, ne te retourne pas.

Et puis, le déclic avait eu lieu. Cette attaque foirée et sanglante d'une succursale de la BNP de la rue La Fayette à Paris. C'était un jour de mai qui avait pris un tour salaud. Ils étaient sept, cinq garçons et deux filles, la vingtaine, une bande de copains qu'elle avait rencontrés au gré des expulsions de la villa Faucher, de la rue Piat ou de celle des Envierges. Des gosses comme elle qui rêvaient encore d'une vie communautaire qui semblait impossible en France. Ils tripaient sur un grand départ et une installation au Mexique. Là-bas ils seraient bien, loin des képis bornés qui les harcelaient quotidiennement. Pour partir, il leur fallait du fric, pas mal de fric, se servir là où le pognon se trouvait. Ils n'en étaient pas à leur premier braquo. Celui de la rue La Fayette avait été préparé comme les autres, ni mieux ni moins bien. Pas très raffiné, pas bâclé non plus. L'opération tourna au fiasco. À peine étaient-ils à l'intérieur de la banque que des flics, sortis de nulle part, encerclaient le bâtiment. Une fusillade assourdissante résonna dans les rues adjacentes. Un jeune camarade fut tué sur le coup, trois autres arrêtés. Il fallut de toute urgence assurer les arrières de ceux qui avaient pu s'enfuir, puis élaborer une stratégie pour libérer les prisonniers. Ce qui restait de la bande enchaînait les réunions fébriles. La question fut posée de rejoindre les clandestins d'Action directe. Pour Joëlle, les copains d'AD étaient les seuls capables de leur apporter le soutien logistique nécessaire. Les autres n'étaient pas tous d'accord. Rouillan et Ménigon leur foutaient la trouille. Certains les trouvaient trop radicaux, trop raides, trop durs. Ils craignaient la discipline excessive, l'organisation quasi militaire, les règles et les punitions. L'autonomie, pour eux, ce n'était pas ça. S'ils avaient refusé d'entrer chez les trotskos et les maos, ce n'était pas pour abdiquer maintenant leur liberté. Joëlle avait dû batailler pour en rallier quelques-uns. Elle avait insisté sur ce qu'AD pouvait leur procurer : une formation, de la rigueur et le cadre qui leur manquait. Le rapprochement avec AD leur permettrait de s'organiser tout en reportant à plus tard l'inextricable question du basculement dans la lutte armée. Ce dernier argument avait emporté l'adhésion, il fallait toujours miser sur la paresse des esprits ou sur leur lâcheté. Soulagé de n'avoir pas à décider tout de suite la montée en puissance dans la violence, le groupe avait mandaté Joëlle pour se rapprocher du noyau Rouillan-Ménigon.

Plonger dans la lutte armée n'est ni une promenade de santé, ni un barbecue improvisé sur une plage landaise. Il n'est pas à la portée de tous de définir des cibles, de tenir un homme en joue, d'allumer la mèche d'un engin explosif, de le balancer sur une façade sans se retourner, de dégoupiller une grenade sans craindre qu'elle vous arrache la main, de garder son sang-froid lors une fusillade, de conduire à toute allure sous le feu des forces ennemies. Peu de gens, en vérité, sont intrinsèquement et intimement aptes à se lancer dans une guerre. Engager ainsi son intégrité physique, son corps, sa peau, son sang et sa sueur nécessite d'abord d'être prêt politiquement, de n'avoir aucun doute sur la justesse de la cause. Seuls les plus déterminés et les plus intrépides en sont capables. Le combat exige ensuite l'acquisition de vastes connaissances techniques qui ne peuvent s'apprendre que sur le terrain, dans le risque et le secret, la confiance et la paranoïa. Quand elle s'était rapprochée d'eux, Joëlle avait compris qu'elle allait devoir faire ses preuves. Chaque nouveau venu était évalué, jaugé, surveillé. Jean-Marc lui confia d'abord de menues missions, histoire de voir ce qu'elle avait dans le ventre et comment elle se débrouillait. Il l'envoya passer des messages, la chargea d'écouter les ondes de la police et d'alerter des contacts en cas de danger. Il lui demanda ensuite de stocker des documents, puis des faux papiers, des armes et des explosifs enfin, manière de vérifier sa fiabilité et sa capacité à tenir ses nerfs. Rien ne l'effrayait. On lui expliqua comment éviter les filatures, distinguer le flic en civil du simple passant, modifier son apparence, se déguiser, se travestir, devenir anonyme dans la foule, se faire oublier, changer d'identité, effacer son passé, disparaître. « Il n'y a pas de sécurité sans rigueur ni de rigueur sans organisation », répétait Jean-Marc. Le chef répartissait les militants en groupes étanches, ignorant tout les uns des autres, selon une règle établie : moins chacun en sait, plus le mouvement est protégé. Si un combattant tombe, si une balance décide de se mettre à table ou si un faible craque sous la pression d'un interrogatoire musclé, autant limiter ce qu'il peut avoir à raconter. Ce savoir-là, Jean-Marc l'avait acquis à Toulouse et à Barcelone, dans les rixes de sa jeunesse et les premières actions terroristes. Il avait ensuite beaucoup appris auprès des camarades italiens et allemands. Il n'avait pas pris de gants avec Joëlle : si elle voulait vraiment en être, il lui faudrait se frotter à la base, le hold-up. Les « expropriations financières », fustigées par le pouvoir en place et vilipendées par les médias bien-pensants, étaient au cœur de leurs actions.

Rien ne pouvait se concevoir sans elles. Elles permettaient de faire vivre les groupes, d'assurer les cavales et la clandestinité, de s'équiper et de s'armer. Cet « assaut à la richesse sociale » était une première étape pour engager la réappropriation des moyens de production. Ils n'étaient pas des voleurs, ils étaient des soldats. Ils ne devaient jamais oublier le sens de leurs actions ni se laisser réduire à des slogans, à des mots, à des images stigmatisantes. Les véritables spoliateurs étaient les suppôts du pouvoir, ceux-là mêmes qui se permettaient de les traiter comme des criminels, ces accapareurs des bénéfices du travail, ces sangsues du prolétariat. Les braquages étaient également un moyen de tester les nouveaux, leur courage, leur calme, leur agilité à faire face aux imprévus, leur sagacité, leur habileté à agir en respectant les règles de sécurité. Jean-Marc répétait souvent que « la guérilla ne s'apprend pas dans les livres ». Elle demande une connaissance de règles très strictes qui ne peuvent s'inculquer que sur le terrain. Il résumait ainsi les conditions d'une opération commando réussie : une préparation minutieuse, des objectifs modestes et toujours « un chemin pour attaquer, six pour fuir ».

Apprends, apprends, apprends, retiens tout, imbibe-toi. C'est le moment d'y arriver, ma grande.

Joëlle s'était appliquée. Elle qui n'avait pas fait d'étincelles à l'école, qui s'ennuyait en cours, ne pouvant détacher son regard de la porte de sortie, avait été la première surprise par sa capacité de concentration. Au départ, elle avait cru qu'elle ne parviendrait jamais à assimiler toutes les informations dont Jean-Marc l'abreuvait. Elle avait toujours eu du mal à fixer longtemps son attention. Ses pensées se dispersaient comme un vol de moineaux au claquement d'un coup de fusil. Elle se souvenait de dimanches après-midi pluvieux, lors desquels sa mère tentait vainement de lui faire réciter ses poésies. Elle butait sur chaque syllabe, parvenait rarement à mémoriser une strophe entière. Les mots semblaient s'emmêler dans sa tête en un charabia incompréhensible. Quand elle se croyait enfin assurée, elle trébuchait à nouveau, incapable de réciter les vers dans le bon ordre. Sa mère gardait d'abord son calme – elle n'était pas du genre à perdre patience facilement. Puis, au fur et à mesure que Joëlle écorchait les rimes, elle montrait de minuscules signes d'agacement qu'un sourire d'encouragement ne parvenait pas à masquer tout à fait. Ses yeux s'écarquillaient imperceptiblement et ses lèvres frémissaient à intervalles réguliers, comme si elle n'en revenait pas de tant de nullité. De guerre lasse, elle finissait par refermer le cahier et renvoyait Joëlle dans sa chambre : « Ça ira sans doute mieux demain. » L'enfant détestait ces moments-là et l'adulte qu'elle était devenue les chassait comme des mouches collantes.

Avec Jean-Marc, c'était différent. Elle avait un but : la lutte nécessitait une discipline sans faille et celle-ci ne se gagnait qu'au prix d'un travail acharné. Elle n'aurait jamais pensé, lorsqu'elle s'était rapprochée d'eux, qu'il lui faudrait devenir la bonne élève qu'elle n'avait jamais été. Elle se rassurait en se disant que Jean-Marc non plus n'avait pas beaucoup été à l'école, ça ne l'empêchait pas d'être un redoutable professeur. Il ne tolérait aucune erreur, ni manquement, ni oubli. Il lui fixait des tâches et elle devait s'en acquitter, en temps et en heure, aucune forme d'excuse n'était valable pour justifier un quelconque retard. Elle avait peiné avant de prendre goût à la sévérité qui régnait au sein du mouvement et qui contrastait avec la mollesse de la vie dans les squats. Elle avait trouvé un cadre et s'étonnait de son aptitude à s'y conformer. Elle prenait même un certain plaisir à obéir aux consignes.

La sécurité était au centre des préoccupations du groupe. La police était sans cesse à leurs basques, il fallait déjouer les filatures, sécuriser les déplacements, maîtriser les communications. Leurs téléphones étaient sur écoute. Un code avait été mis au point pour endormir la vigilance des flics de permanence. Chaque lieu de rendez-vous avait sa propre appellation, indéchiffrable pour quiconque n'était pas dans la confidence. Ils disaient « Aux bons flics » pour désigner le monument du cimetière Montparnasse dédié aux policiers abattus par la bande à Bonnot, « Chez Catherine » pour la fontaine Médicis du jardin du Luxembourg, « l'appartement d'Auguste » pour une cache près de la tombe d'Auguste Blanqui au Père-Lachaise. Il y avait des codes pour tout : les planques, les camarades, les armes. Il ne fallait pas s'emmêler les pinceaux. Le pistolet-mitrailleur allemand que Jean-Marc avait planqué dans une maison à Toulouse avait écopé du surnom de « Gretta ». Au téléphone, les camarades lui demandaient régulièrement : « Quand tu montes, tu viens avec Gretta ? » si bien qu'à l'occasion d'une garde à vue, un des agents des RG toulousains lui avait lancé pour l'inquiéter : « On a arrêté ta petite copine Gretta. On te conseille de parler parce que elle, elle a déjà commencé à se mettre à table ! » Il s'était bien marré. Cette anecdote, Joëlle l'avait entendue un certain nombre de fois et elle ne s'en lassait pas.

Très vite, Jean-Marc l'avait fait monter sur de gros coups. Il manquait de troupes, ça n'avait pas échappé à Joëlle. À vrai dire, elle avait été surprise de voir AD se résumer à son duo fondateur et à une poignée de militants plus ou moins proches. De loin, elle avait imaginé une pieuvre tentaculaire, infiltrée dans les lieux stratégiques, travaillant main dans la main avec les révolutionnaires les plus aguerris. Elle les pensait des centaines, ils se comptaient en dizaines. Elle avait été un peu déçue, mais s'était abstenue de tout commentaire. Il n'était pas question de tergiverser alors qu'elle avait fait le plus dur : rompre avec ses proches, couper avec sa famille. Si une organisation avait encore les moyens de frapper, en ce début des années 80, alors que les copains d'avant rappliquaient ventre à terre dans les arcanes du pouvoir socialiste, c'était bien AD, aussi famélique que soit l'organisation. Un quarteron fiable et déterminé valait mieux qu'une armée d'indécis, lui répétait Jean-Marc. Elle avait fini par s'en convaincre.

Joëlle s'était rapidement intégrée. AD fourmillait de projets et défouraillait à tout-va : bombe contre les bureaux de la DST, mitraillage du ministère de la Coopération, explosion des locaux du GIGN à Maisons-Alfort, bombe au service d'information routière du ministère des Transports rue Raymond-Losserand à Paris, tir d'une roquette antichar sur les locaux d'Hachette, explosion des consignes de l'aéroport d'Orly blessant huit personnes. Ils en avaient le tournis, leur frénésie à foutre le feu les galvanisait. Pour préparer les actions à venir, il fallait des moyens. Et d'abord trouver des papiers, passeports et cartes grises trafiqués pour s'assurer une clandestinité dans de bonnes conditions. Au cœur de l'été 1980, ils décidèrent d'attaquer la mairie du XIVe arrondissement, qui avait l'avantage de se situer en retrait de l'avenue du Maine, à côté de petites rues faciles à surveiller et devant un square permettant plusieurs issues de secours. Une employée municipale leur avait confirmé qu'aucun numéro de document n'était enregistré avant d'être attribué, il fallait donc mettre la main sur les cartons fermés et laisser sur place ceux qui étaient entamés. L'opération nécessitait des bras. Ce jour-là, deux voitures, une R20 et une R14 en protection, se dirigèrent vers l'hôtel de ville. Un camarade resta dans le hall pendant que les autres neutralisaient usagers et employés. Tout se déroula sans accroc : des kilos de papiers embarqués, des tampons, des déclarations d'état civil, quelques machines. Un véritable magot. Le coffre de la R20 était tellement chargé que l'arrière de la voiture s'affaissa dangereusement. Pour être sûr qu'elle redémarre, un des copains s'était dévoué pour repartir en bus. Sur le chemin du retour, le conducteur de la R20 avait entonné à tue-tête le chant des *Nouveaux Partisans*. Ils s'étaient bien marrés. Le soir même, une planque fut aménagée en chambre de falsification.

Les braquages s'enchaînèrent à toute vitesse dans les mois qui suivirent. Le groupe partait presque tous les jours à l'assaut d'une succursale parisienne. Dans son viseur, les grandes banques des quartiers chics. Un jour, ils s'offrirent même le luxe d'attaquer l'agence BNP de la place Clichy le matin puis celle de la Société générale de l'avenue des Ternes l'après-midi, en s'arrêtant entre-temps manger un casse-dalle dans un rade de Montmartre. Cette succursale des Ternes, toujours bien pourvue en liquide, fut visitée tellement de fois, qu'un employé, voyant entrer les camarades, s'exclama : « Encore ! » Ces opérations mobilisaient sept ou huit militants, dont jamais plus de deux nouveaux. Tout était méticuleusement préparé en amont : trajets de secours, points de sécurité dans chaque arrondissement, cache d'armes et de matériel dans le centre de Paris, près du jardin du Luxembourg pour plus de commodité. Les voitures, toutes volées, étaient fournies par le groupe d'appui auquel appartenait Joëlle.

Elle demanda bientôt à s'impliquer davantage, à avoir un rôle plus actif sur les braquos. Quand Jean-Marc lui proposa de suivre une formation armée, elle accepta aussitôt.

Une minute trente. C'est le temps maximum à ne pas dépasser. L'entrée dans la succursale, la mise en joue, les sommations d'usage, la saisie du butin, la sortie, tout doit tenir en quatre-vingt-dix secondes. Rester plus longtemps, quelle qu'en soit la raison, c'est prendre le risque de voir les flics débouler, sirènes hurlantes et armes au poing. Il vaut mieux repartir les mains vides que se retrouver encerclé par les forces de l'ordre, Jean-Marc le répétait avant chaque action. La précaution n'était pas superflue. Joëlle avait d'emblée adoré l'adrénaline procurée par les opérations. Celle du Champ-de-Mars lui avait laissé un souvenir particulier. Tout aurait pu partir en vrille et ils s'en étaient sortis comme des princes. Ce 28 août, ils avaient ciblé une agence du VIIe arrondissement de Paris. Cinq camarades avaient pris place dans la voiture d'attaque, pendant qu'elle attendait dans le véhicule de protection avec Nat à l'avant et Jean-Marc à l'arrière, pistolet-mitrailleur sur les genoux, grenade à la main. À peine les copains avaient-ils mis un pied dans l'agence qu'un fourgon de police s'arrêta par hasard à quelques mètres de là. Un premier membre du groupe sortit de la banque sans avoir préalablement vérifié l'extérieur, le second lui emboîta le pas, encombré par un énorme sac de supermarché rempli de biffetons, les deux derniers le suivaient de près. En apercevant la fourgonnette de flics, ils accélérèrent. Le mauvais réflexe, le truc instinctif dont on sait qu'il attire bêtement l'attention et peut tout faire foirer, mais que dans la panique, quand le cœur tabasse dans la cage thoracique, on fait quand même. Ça n'avait pas loupé, les flics comprirent immédiatement ce qui se passait. Une seconde plus tard, un employé fit irruption sur le trottoir en agitant les bras pour leur désigner les braqueurs qui s'engouffraient dans la R20. Le fourgon se mit à leur poursuite, sirènes hurlantes, gyrophare deux tons posé sur le toit. Nat les bluffa. Elle démarra en trombe, les mains serrées sur le volant à s'en faire péter les articulations, pied au plancher, regard fixe. En moins de deux, elle se mit en travers du véhicule de police, puis redémarra brusquement. Une course-poursuite s'ensuivit, Nat multipliant les zigzags pour empêcher les condés de les dépasser et assurer l'avancée de la voiture des camarades. Joëlle s'accrochait à la poignée latérale, elle réprima un haut-le-cœur. Après avoir dépassé la R20, les condés stoppèrent brutalement. Jean-Marc sortit d'un bond, pistolet-mitrailleur au poing, il arrosa les poulets qui prenaient position sur le carrefour, histoire de les désorganiser. Les deux voitures repartirent tranquillement et roulèrent un moment sur les avenues désertes du XVIe. À l'arrière de la R20, une des nouvelles recrues, perruque de traviole, avait l'air complètement affolé. En le voyant ainsi, Joëlle n'avait pas pu s'empêcher d'éclater de rire.

Que c'est bon, putain, que c'est bon !

Ils avaient mis du temps à trouver la bonne balance. Des traîtres potentiels, il y en a des palanquées. Ça court les rues, ça déborde des égouts, ça se déniche dans les quartiers, à la ville comme à la campagne. Il en existe dans tous les milieux, riches ou sans le sou, éduqués ou frustres. Les traîtres n'ont pas de couleur de peau, pas de religion, ils ne portent aucun signe distinctif. Ils sont cadres ou clochards, à certains on donnerait le bon Dieu sans confession. Luigi Pareno ne se faisait aucune illusion sur la nature humaine. Il en avait déjà trop vu. Des gens prêts à vendre père et mère, femme, enfant et chien pour une liasse de billets ou une vague promesse, ça grouillait comme des cafards en climat tropical. Il savait aussi que le nombre ne fait pas la qualité. Fort de son expérience, il était en mesure de dresser une typologie de traîtres, à la manière d'un entomologiste. Dans les diverses catégories qu'il avait identifiées, il avait une dilection particulière pour celui qui n'attend que ça, qui trouve plaisir à tourner casaque, jouissance à tromper ses amis. Son point faible : la fiabilité. Il est si retors qu'il est difficile de savoir ce qui peut se passer dans sa tête. Il a conscience d'être mauvais et ses remords l'empêchent parfois de passer à l'acte. Il se décide et tergiverse, change d'avis et recule. Il fait perdre du temps à celui qui l'emploie. Le traître de circonstance est finalement plus sûr. Il a été déçu, blessé, il est en colère ou aigri, il cherche à se venger. Il s'écarte rarement des siens pour des motivations politiques ou des divergences théoriques. Il est la plupart du temps animé par des ressorts profonds et intimes. Il jalouse le chef, l'envie, ne s'estime pas considéré à sa juste valeur, souffre de dépit amoureux, il se sent à l'écart ou humilié par ceux-là mêmes qu'il a longtemps servis. Son admiration se transforme en amertume. Il est alors capable de toutes les vilenies, convaincu de son bon droit. Plus il se vit comme une victime, plus il se sent libéré de tout sentiment de culpabilité.

Il y a aussi les faibles, les trouillards, ceux qu'une interpellation un peu musclée suffit à faire pisser dans leur froc et qui sont prêts à tout pour que jamais ça ne recommence. On les bouscule et ils basculent. On les menace d'aller cafter leurs conneries à leurs parents, leur femme ou leur patron et les voilà qui se mettent illico à votre service. Comme ils sont émotifs, ils perdent facilement leurs moyens et sont fichus de se faire repérer par ceux qu'ils sont censés espionner, c'est leur limite. Le traître vénal est sans doute le plus solide. Pour gagner son argent, il suivra impeccablement les consignes et ne lâchera pas une mission en cours de route.

Quel que soit le profil, la balance parfaite doit avoir quelque chose à se reprocher, un casier judiciaire, une affaire de mœurs un peu sale, une embrouille avec le fisc ou les services sociaux. Luigi Pareno enseignait aux jeunes pousses à repérer ces maillons faibles dont la société regorge. Cela nécessitait de la patience, surtout avec les organisations politiques comme celles-ci, méfiantes à l'extrême et dotées d'une structure hiérarchique rigoureuse basée sur le culte du secret et de l'étanchéité. Infiltrer un groupe n'est jamais facile. Pas impossible non plus, leur répétait Pareno. Au sein de chaque mouvement, il y a toujours une faille, une brebis galeuse, une proie à convaincre.

Avant de trouver Chahine, leurs tentatives d'infiltration avaient toutes échoué. Ils avaient bien approché une fille, une camée notoire. Elle vivait dans un squat du XVIIIe, avait fait le guet sur plusieurs braquages. Ils l'avaient interpellée en douceur, puis l'avaient laissée mariner plusieurs heures en garde à vue. Elle avait commencé à se gratter les avant-bras, submergée par le manque, elle paniquait, elle avait supplié pour qu'on la relâche. Elle aurait fait n'importe quoi pour avoir sa dose. Ils l'avaient jetée dehors avec quelques billets et un numéro de téléphone. Elle avait promis de rappeler plus tard, puis elle s'était évanouie dans la nature. Quand les collègues avaient retrouvé sa trace à Dijon, sa ville d'origine, elle avait coupé les ponts avec les autonomes. Il avait fallu reprendre à zéro.

Peu de temps après, ils avaient cru mettre la main sur le traître idéal. Le gars s'était fait piquer sa compagne par un des chefs de la branche lyonnaise, il disait à tout le monde qu'il allait lui faire la peau, un peu trop bruyamment d'ailleurs. Un civil l'avait entendu ruminer sa colère dans un bar de Ménilmontant. Il n'avait pas été nécessaire de le suivre longtemps. Le type n'était pas très prudent. Quelques jours plus tard, ils l'avaient serré au volant d'une voiture volée. Coup de bol, il avait déjà un casier suffisamment dodu pour prendre du ferme. Cette perspective l'avait convaincu de collaborer : la police fermait les yeux sur son passif, en échange de quoi il racontait ce qu'il savait. Les planques de Jean-Marc et des autres étaient déjà à peu près toutes repérées par les services. Ce qui intéressait Luigi Pareno, c'étaient les opérations à venir. Il rêvait d'un bon flag de derrière les fagots. Les autonomes étaient malins, ils connaissaient les lois, restaient mutiques lors des interrogatoires, niaient tout en bloc, adoptaient une prudence extrême dans leur vie quotidienne. Il fallait les prendre la main dans le sac, avec des preuves en béton pour les envoyer un temps en cellule, leur taper bien fort sur la tête pour calmer leurs velléités révolutionnaires.

L'amoureux trompé se comportait avec sérieux et obéissait comme un brave toutou. Il se rendait avec une ponctualité suisse aux rendez-vous qu'on lui fixait, et répondait aimablement aux questions. Le hic, c'est qu'il n'était pas au courant de grand-chose. Le vaudeville sentimental qui avait secoué le groupe l'avait écarté du cœur du pouvoir. Les chefs se méfiaient de lui. Il n'était plus convié aux réunions importantes et quand il se trouvait en compagnie des camarades, personne n'abordait les sujets sensibles devant lui. Ils avaient encore perdu quelques mois, il fallait s'y résoudre et lui redonner sa liberté. Et puis, un collègue avait mis la main sur Chahine. Gabriel de son prénom, peintre et sculpteur par déclaration, indic de son état. Un pseudo-artiste ressortissant égyptien d'origine libanaise qui avait vécu à Toulouse où il avait rencontré Rouillan au début des années 70 avant de le recroiser à sa sortie de prison en 1977. Un an plus tard, le type s'était installé à Paris dans un bel atelier de la rue des Pruniers, dans le quartier du Père-Lachaise. L'endroit était rapidement devenu un point de ralliement pour tous les militants de l'ultra-gauche.

Chahine racontait avoir combattu auprès des Palestiniens et s'être pris une rafale de pistolet-mitrailleur au niveau du bassin. Personne ne savait s'il disait la vérité. Ce qui était certain, c'est qu'il boitait salement. Pareno le considérait comme une baltringue. Il ne s'était pas gêné pour le dire aux autres : il ne voyait pas bien comment on pouvait faire confiance à un type qui portait les cheveux longs et des colliers autour du cou comme une gonzesse et qui se baladait dans un manteau de vison descendant jusqu'à mi-mollets. Il voulait bien avoir l'esprit ouvert, mais le vison et la dent de requin qui pendait sur le torse velu, il ne fallait pas trop lui en demander. Quand il avait fait part de ses doutes sur la fiabilité du personnage, les collègues lui avaient fait comprendre qu'au point où ils en étaient, on n'était pas là pour chipoter. Il l'avait bouclée. Il demandait à voir.

Durant sa période toulousaine, Chahine avait traîné dans les milieux alternatifs de la ville rose et tenu une galerie ainsi qu'une boîte de nuit. Il n'avait pas été trop compliqué de dénicher assez d'irrégularités dans sa gestion pour intéresser les fonctionnaires des impôts, au cas où il traînerait la patte. L'artiste avait un autre point faible : les papiers. La perspective de voir sa carte de séjour refusée alors que la guerre civile battait son plein au Liban avait eu raison de ses dernières hésitations.

Dans le passé, Luigi Pareno avait eu quelques scrupules à utiliser ce type de menace. Le fils d'immigrés qu'il restait rechignait à jouer avec le chantage à la nationalité. Quand il se sentait flancher, il se forçait à se ressaisir : les autonomes leur avaient déclaré une guerre impitoyable et face à de tels combattants toutes les armes étaient bonnes à utiliser, y compris les plus sales. Chahine donnait aux gauchos des informations sur le milieu de la peinture et du cinéma, qui pouvaient être utiles pour monter des opérations d'expropriation. Son officier traitant, un jeune policier de la Brigade de répression du banditisme, lui conseilla de s'orienter vers les collectionneurs d'armes, d'autant plus faciles à délester qu'ils ne sont pas toujours blanc-bleu. Ils ont souvent dans leurs coffres-forts ou dans leurs caves sécurisées quelques pièces acquises illégalement qui les empêchent de porter plainte lorsqu'ils se font dépouiller. Chahine en avait parlé à Rouillan, qui avait mordu à l'hameçon. L'organisation avait besoin de nouvelles armes, pour eux-mêmes ou pour les groupes amis. Les discussions avançaient.

Chahine était un bon indic : sérieux, ponctuel, disponible, coopératif. Il n'avait pas protesté lorsque les enquêteurs étaient venus poser des micros chez lui et dans sa voiture. Les flics lui refourguèrent des armes saisies lors d'arrestations. Certaines avaient servi à des attaques qui avaient mal tourné. Si on les retrouvait chez un membre du groupe, ce dernier était bon pour un aller direct vers la taule. Chahine avait aussi ses propres fournisseurs, on le laissait toucher sa commission et faire ses petites affaires. Il fallait le ménager, y aller en douceur, ne pas lui mettre trop de pression. Il devait ramener un maximum d'informations sur Rouillan et sa bande pour les coincer enfin. L'enjeu exigeait de la finesse, ce qui n'était pas toujours le point fort de la brigade. Chahine se montra bonne pâte, confiant. « Inconscient », maugréait Pareno. L'artiste avait transformé son domicile en plate-forme de livraisons en tout genre. Il était toujours partant pour prêter une piaule, héberger un militant en clandestinité. Il avait mis à la disposition du groupe un appart situé aux Buttes-Chaumont, dont Rouillan et les siens s'étaient servi avant de le laisser à une copine dont le petit ami était incarcéré.

Chahine était un créatif, on ne pouvait pas lui enlever ça. Le gars avait l'air d'un guignol, mais il avait une sacrée imagination. Il fourmillait de scénarios pour coincer le chef. C'est lui qui avait eu l'idée du tableau. Son officier traitant chez les flics s'était d'abord montré dubitatif, mais il l'avait laissé faire. Chahine était ensuite parti à l'assaut de Jean-Marc : les banques c'était bien, mais le rapport bénéfice-risque n'était pas toujours flagrant. Il lui suggéra de passer au niveau supérieur : le vol d'œuvres d'art. Il lui promit de les revendre à un collectionneur américain de sa connaissance peu regardant sur la provenance. Les profits seraient partagés. L'opération serait moins dangereuse qu'un braquage de succursale, avait insisté le peintre. Pour l'appâter, il avait commencé par lui donner des adresses de particuliers chez qui un coup de pied-de-biche suffisait pour emporter en quelques minutes une ou deux toiles de prix. Les premiers essais avaient été jugés concluants par l'organisation alors en perpétuelle recherche de fonds. Chahine leur suggéra de viser plus gros : une galerie, pourquoi pas un musée. Son client américain était suffisamment séduit par ce qu'ils avaient déjà fourni pour se laisser tenter par une pièce plus importante. Il proposa au groupe de prendre en otage la famille d'un galeriste célèbre, mais Rouillan considéra l'opération trop casse-gueule. C'est lui qui avait suggéré le vol d'une œuvre du primitif allemand Jérôme Bosch accrochée au musée de Saint-Germain-en-Laye. Le choix du tableau s'était fait complètement par hasard. Rouillan avait repéré une affiche du musée dans une vitrine. Il ne lui avait fallu que quelques heures de recherche pour comprendre que le trésor était à portée de main. Le bâtiment, un hôtel particulier situé dans une rue peu passante de la ville, abritait une bibliothèque au rez-de-chaussée et le musée à l'étage. Il était à peine protégé. Pas d'alarme, peu de visiteurs, un gardien à la démarche ralentie par une jambe de bois. Du gâteau... Lors d'un premier repérage, il avait découvert que le tableau ciblé, une petite huile sur bois intitulée *L'Escamoteur*, était accroché au mur par deux pauvres clous et un morceau de fil de fer. Moins d'une semaine plus tard, le 13 décembre 1978, il envoyait ses hommes s'emparer tranquillement du butin pendant que Nat attendait au volant de la voiture de repli. Il y avait eu un imprévu : une réception se tenait à ce moment-là dans la bibliothèque. Quelques invités, alertés par les cris du gardien boiteux, avaient tenté d'arrêter leur course, en vain.

Une fois le vol rendu public, tout le monde en avait pris pour son grade : le maire de la ville, le commissaire du coin, le ministre de la Culture, celui de l'Intérieur. *L'Escamoteur*, un des joyaux du patrimoine européen, escamoté en quelques minutes et sans violence, la presse s'était jetée avec délices sur cette croustillante histoire. Grâce aux tuyaux de Chahine, les services apprirent rapidement que l'œuvre était aux mains du groupe. On pressa l'indic de trouver une solution pour coincer la bande. La notoriété de l'œuvre et la publicité faite autour de son vol la rendaient infourgable. La peinture était cachée dans un appartement parisien. Fiers de leur prise, Rouillan et Ménigon n'avaient pas pu s'empêcher de la montrer aux copains de passage et très vite la nouvelle s'était répandue. Certains membres du groupe suggérèrent de proposer une négociation à l'État : le tableau contre la libération de prisonniers politiques. Rouillan jugea l'idée irréaliste. Il lui fallait néanmoins trouver une solution pour se débarrasser de ce chef-d'œuvre de plus en plus encombrant. Chahine joua en finesse. Il lui expliqua d'abord que le commanditaire était fâché de la tournure prise par les événements. Il laissa s'installer l'inquiétude, puis lui annonça que l'acheteur s'était finalement décidé à honorer sa promesse. Il avait juste besoin d'être rassuré, précisa Chahine. Pour cela, Jean-Marc devait se rendre en personne au rendez-vous fixé dans une chambre du Nikko, un nouvel hôtel pour hommes d'affaires situé quartier Beaugrenelle dans le XVe arrondissement de Paris. Les écoutes policières avaient révélé que le groupe était à nouveau à la recherche d'armes. Il fut décidé que le faux acheteur proposerait de payer la moitié de la somme en M16 soi-disant récupérés par un GI sur une base de l'Otan, la seconde en liquide. Rouillan était pressé d'en finir. Il manqua de vigilance et, contrairement à ses habitudes, accepta d'être présent sur le lieu de l'échange. Celui-ci devait se tenir devant la banque nationale du Canada, rue Scribe, où l'acheteur était censé attendre dans le sas, une mallette d'argent à la main. Le jour J, le groupe arriva dans deux voitures différentes, une R5 pour Rouillan, un break pour le copain chargé de récupérer les billets. Au moment où ce dernier quitta le véhicule, la police lui tomba dessus. Rouillan parvint de justesse à échapper à la course-poursuite qui s'était ensuivie. *L'Escamoteur* avait été récupéré, mais le chef d'AD leur avait à nouveau filé entre les mains.

Luigi Pareno avait eu du mal à digérer le fiasco de ses collègues. Il ne s'était pas privé pour le leur dire. Sans compter que Chahine n'était plus en odeur de confiance dans le groupe. Il fallait le mettre en sommeil en attendant que tout le monde se calme. Des mois d'infiltration pour rien. C'est ça qui rendait Luigi Pareno le plus dingue. Il détestait perdre son temps.

Cette fin d'été 1980 orageuse et électrique, Luigi Pareno savait qu'il ne l'oublierait jamais. Un jour couleur d'ardoise argentée, la fille lui était apparue pour la première fois. Elle n'avait encore ni âge ni nom, juste une silhouette et un visage, un ovale qui racontait à la fois l'enfance et la détermination. Quand il avait croisé l'intensité de ses yeux, la teinte si particulière de ses iris, il avait su qu'il y aurait désormais un avant et un après. Il le sentait au plus profond de lui-même sans être capable d'expliquer pourquoi. Elle n'était pas d'une beauté spectaculaire. Sa bouche dessinait un air buté, mais il émanait d'elle quelque chose de félin qui aimantait les regards.

C'est parfois quand on n'y croit plus que les affaires les plus enlisées rebondissent. Pareno et ses collègues n'en menaient pas large à ce moment. Rouillan et Ménigon venaient d'échapper de justesse au coup de filet préparé depuis de longs mois. Les agents avaient certes mis la main sur sept membres du groupe et une vingtaine de sympathisants étaient sous les verrous, mais le couple avait réussi à prendre la tangente. Ce foirage allait les mettre encore davantage sur leurs gardes. Il fut décidé en haut lieu de tout miser à nouveau sur Chahine.

Après l'affaire du vol du tableau, il fallait le remettre en selle. Finies les vacances payées par l'État dans une maison de campagne dévolue à la mise au vert des indics. Chahine fut prié de rentrer à Paris. Il n'opposa aucune résistance, il commençait à s'emmerder sévère et les fêtes lui manquaient. Les services lui mirent le marché en main. Il se débrouillait comme il voulait, mais cette fois, il devait leur livrer Rouillan et Ménigon. Chahine comprit qu'ils ne le lâcheraient plus. Lui aussi était pressé d'en finir. Son sommeil commençait à se détraquer, il n'arrivait plus à peindre, ou plutôt, ce qui sortait de ses pinceaux lui plaisait si peu qu'il abandonnait ses toiles au bout de quelques jours. Le gars souriait tout le temps si bien qu'il était impossible de savoir s'il était serein ou inquiet. Malgré son tempérament optimiste, il sentait qu'il avait mis le doigt dans un engrenage dont il ne pouvait sortir que du mauvais. Il avait hésité avant de pactiser avec la flicaille. L'appât du gain avait eu raison de ses réticences. La perspective d'une vie plus confortable, la promesse de pouvoir rester en France avaient fait le reste. Il se rendait compte à présent qu'il s'était fait manipuler : au début, les condés lui avaient demandé des trucs de rien du tout, quelques renseignements qu'il glanait aisément lors des conversations de bistrots fréquentés par la mouvance, des infos sur les planques, les déplacements des uns et des autres. Il s'agissait d'une mise en jambes. Ils voulaient s'assurer de sa fiabilité, être convaincus de son utilité. Ils l'avaient ensuite incité à se rapprocher du duo des chefs en se rendant indispensable. Chahine les avait suffisamment pratiqués pour savoir que Rouillan et sa bande le suspecteraient dans l'opération ratée de *L'Escamoteur*. Il fallait jouer serré.

Luigi Pareno se demandait s'il était capable de poursuivre sa mission. Il restait sur ses gardes et laissait ses collègues le gérer. Sa tête ne lui revenait pas, c'était comme ça. Il n'avait jamais aimé les indics. Il reconnaissait leur utilité, mais se gardait de traîner avec eux. Il aurait eu l'impression de se salir. C'était stupide, il le savait, car il était impossible de se passer de leurs services. Surtout à cette période où les autonomes avaient renouvelé planques et réseaux d'entraide. Les services naviguaient à vue, ils avaient besoin d'infos fraîches, ils ne pouvaient pas laisser ces dangers publics prendre de l'avance. Son court exil avait stimulé l'imagination de Chahine, qui débordait d'idées neuves. Il était revenu voir son contact avec un plan aux petits oignons. Pareno devait le reconnaître : il ne l'aurait jamais cru capable d'élaborer un piège aussi sophistiqué. Peintre ou pas, le gonze semblait avoir toutes les qualités d'un artiste. Après une reprise de contact en douceur, il comptait proposer à Rouillan de rencontrer des membres du groupe Carlos, et pourquoi pas Carlos lui-même. Connaissant la vanité du chef, il aurait du mal à dire non à une opportunité pareille. Terroriste de dimension internationale, Carlos représentait pour AD la crème de la crème. En 75, il s'était imposé sur la scène terroriste avec une action d'envergure : la prise d'otages, pendant 24 heures, de dix des treize membres de l'Opep réunis à Vienne en Autriche. L'attaque avait fait trois morts et Ilich Ramírez Sánchez avait gagné ses galons dans les rangs des raclures. Pour appâter Rouillan, Chahine exigeait des moyens. Il demandait que l'on mette à sa disposition un flic ayant de la bouteille et parlant arabe, autant dire un profil pas facile à trouver. Il aurait voulu les tester, il ne s'y serait pas pris autrement. Le type devait se faire passer pour le diplomate d'un pays arabe connu pour fournir de l'aide aux réseaux terroristes. Pour assurer la crédibilité du faux diplomate, il faudrait lui dégotter une berline avec chauffeur, dotée de plaques minéralogiques Corps Diplomatique. Chahine réclamait également une villa luxueuse à Deauville censée être une maison de vacances destinée aux huiles de l'ambassade. Enfin, il lui fallait du personnel de maison arabophone pour crédibiliser le tout. « Du champagne et des putes aussi, pourquoi pas ? » avait râlé Pareno en découvrant la liste des exigences du peintre. Le mec y allait fort, mais quitte à jouer le jeu... Le faux attaché d'ambassade était censé présenter un lot d'armes à Rouillan et lui proposer de servir d'intermédiaire avec la bande de Carlos. Si ça marchait, ce serait grandiose.

La voiture fut le plus facile à fournir, il y avait tout ce qu'il fallait dans les sous-sols du 36. On dénicha ensuite une belle maison à louer à Villerville, sur la côte normande, entre le 15 août et la mi-septembre, et un barman maghrébin fut recruté à l'agence ANPE du Calvados. Enfin, un commissaire d'origine pied-noir accepta la mission. Le rôle avait l'air de le faire marrer. Ça le changeait : il était chef des écoutes, une planque sur le papier, mais qui pouvait vite se révéler pénible.

Chahine proposa de procéder par étapes. Il devait d'abord assurer Rouillan de la sincérité du « diplomate » et de sa capacité à ouvrir de nouveaux horizons à AD. Une première rencontre fut organisée un soir à Paris entre le faux attaché d'ambassade et l'émissaire du chef d'AD. L'« acteur » lui en mit plein la vue en lui montrant une dizaine de flingues empruntés à l'armurerie du service ainsi que trois pistolets-mitrailleurs soigneusement rangés dans une caisse en bois. Un échantillon, laissa entendre le commissaire qui s'amusait à roder son personnage. L'intermédiaire repartit tellement impressionné que Chahine suggéra de fixer le plus rapidement possible un rendez-vous à Rouillan lui-même. Après plusieurs jours de palabres, une date fut choisie : samedi 6 septembre à 15 heures. Les équipes se mirent en place quelques jours avant. Il fallait aérer la villa, la sécuriser ainsi que les routes alentour, peaufiner la déco, le scénario, répartir les rôles, répéter. Pareno s'improvisa commis de cuisine, un poste d'observation qui lui permettrait d'avoir à l'œil Chahine et le faux diplomate et d'intervenir en cas de grabuge.

Personne ne savait qui allait se pointer ni combien ils allaient être. Le chef ferait-il le déplacement en personne, comme il l'avait promis ? Viendraient-ils en train ou en voiture ? Afin de ne pas les louper, on mit en place une camionnette de surveillance aux abords de la gare de Deauville et plusieurs équipes mobiles qui se mêlèrent aux touristes dans les rues de Villerville, encore très fréquentées en cette fin de vacances estivales. Dans la villa avait été dressé un buffet avec des jus de fruits et des pâtisseries orientales. Les gâteaux étaient délicieux, parfaitement dosés en sucre. Pareno, posté dans l'arrière-cuisine avec un tablier trop grand qui lui couvrait les jambes, pouvait en témoigner. Les planques, jusqu'à celle de Vitry-aux-Loges, lui avaient toujours donné faim.

À 10 h 30, branle-bas de combat. Une jeune femme aux longs cheveux blonds, que personne n'avait vue arriver, se tenait à la porte de la villa. Elle était seule, vêtue d'un imperméable beige comme en possèdent les bourgeoises du XVIe arrondissement. Sans dire son nom, elle confirma qu'elle était la personne attendue. Son allure était élégante et simple : jeans, t-shirt blanc et menton légèrement relevé à la manière de ceux qui ont la conscience d'appartenir aux classes supérieures. Sa façon de s'exprimer confirmait qu'elle ne venait pas du ruisseau. On lui donnait 20 ans. Elle s'assit sur le fauteuil en cuir, posa son foulard en soie marron glacé sur l'accoudoir et garda son sac sur les genoux. Une fois la surprise passée, les collègues assurèrent plutôt bien. L'attaché d'ambassade surjoua le mécontentement d'être obligé de discuter avec un sous-fifre, une femme qui plus est. « Ce n'est pas dans ma culture. » Il expliqua un peu sèchement qu'une alliance avec le groupe Carlos n'était envisageable qu'en présence du chef d'Action directe : « Je ne suis pas sûr que vous soyez à même de traiter l'objectif que Carlos envisage de vous confier. » Chahine traduisit, la fille encaissa le coup et répondit qu'elle comprenait. Le diplomate bidon ajouta que si un accord était scellé, il s'engageait à remettre à AD une forte somme d'argent en gage de bonne foi. La jeune femme promit que la prochaine fois, Rouillan se déplacerait en personne. Puis elle quitta la maison comme elle était venue, la nuque droite, à la limite de l'arrogance, gagna à pied le centre de Villerville où elle grimpa dans un taxi pour attraper un train pour Paris à la gare de Deauville. Une inspectrice parvint de justesse à se glisser dans le même train qu'elle, mais à aucun moment elle ne put prendre le risque de sortir son appareil photo sans se faire repérer. Pendant les deux heures et demie de trajet, elle observa la fille qui lisait tranquillement *Le Rouge et le Noir* en édition poche. Pour un peu, on l'aurait prise pour une étudiante.

De son côté, Luigi Pareno sauta dans une voiture pour foncer sur Paris afin de parvenir avant elle à la gare Saint-Lazare. Dans la précipitation, il avait oublié d'enlever le tablier blanc qui entravait sa conduite. Il s'en débarrassa à son arrivée, en même temps que de la voiture garée à la va-vite sur le trottoir devant la gare.

Quand il la vit surgir du train, il ne put s'empêcher de lui trouver un air de Catherine Deneuve. Il transpirait à grosses gouttes, ce qui le contraignit à rester à distance. La fille était probablement attendue, il ne pouvait pas se permettre de se faire repérer. Elle était sur ses gardes, beaucoup moins sereine que dans le train. Elle fit plusieurs fois le tour de la gare, s'engouffra finalement dans le métro, mais exécuta quelques coups de sécurité en faisant brusquement marche arrière pour s'assurer qu'elle n'était pas suivie. Pareno dut la laisser filer. Celle qu'ils appelleraient désormais « la fille de Deauville » connaissait son métier.

Cette virée normande avait plu à Joëlle. C'était la première fois que le chef lui confiait une responsabilité de cette envergure. D'ordinaire si méfiant avec les nouveaux, il l'avait désignée pour le remplacer, parler en son nom, le représenter. C'était un honneur et un signe de confiance : elle appréciait. Jusque-là, il l'avait cantonnée à l'opérationnel. Elle avait effectué des missions de surveillance, avait loué des piaules et cherché des planques, était montée sur des braquages. Elle n'avait encore jamais été chargée de discuter et de négocier avec des personnalités importantes. Jean-Marc lui avait fait le topo : entrer en contact avec Carlos et sa bande représentait une opportunité inouïe pour le groupe. Le combattant semait la terreur partout où il passait : assassinats, prises d'otages, poses de bombes, attaques de civils, rien ne semblait l'effrayer. Même si Jean-Marc trouvait à redire sur un certain nombre de choses et jugeait le gars un brin mégalo, il était bien obligé d'admettre qu'en matière de lutte contre l'impérialisme, Carlos était ce qui se faisait de plus efficace sur le marché. Surtout – il ne le disait pas comme ça car il n'aimait pas reconnaître que quelqu'un était meilleur que lui –, le Vénézuelien était parvenu à s'imposer comme le seul capable d'obtenir le soutien de puissances étrangères, quand eux peinaient encore à se faire prendre au sérieux dans leur propre pays. Gagner la reconnaissance des nations anticapitalistes, c'était l'assurance d'avoir accès à des financements, des armes, des bases de repli, des terrains d'entraînement. Tout ce qui manquait à AD, en somme. Le groupe était sans cesse à court de fric, et sans pognon rien n'était possible : locations d'appartement, achats sécurisés d'explosifs et de flingues, voitures, caches et cavales. C'était le paradoxe de leur combat. Pour mettre à bas l'impérialisme, il fallait user de ses armes, se servir de l'argent pour abattre le mur de l'argent. Pour en avoir, il n'y avait pas trente-six mille solutions : il fallait aller le chercher là où il se trouvait, dans les banques. C'était le sens des expropriations. Chaque opération nécessitait un temps de préparation dingue qu'ils ne consacraient pas à la propagande ou à la réflexion. Les attaques étaient dangereuses. On pouvait y perdre un camarade ou se faire passer les menottes aux poignets, comme c'était déjà arrivé plusieurs fois. Un casse qui tournait mal sapait le moral des troupes, érodait la détermination des plus motivés. Recruter devenait de plus en plus difficile. À ce rythme, c'était l'assurance de finir à une poignée dans un trou à rats.

Une entente avec Carlos ouvrait des perspectives et rebattait les cartes. C'était tout de même autre chose que d'aller chercher le soutien des copains belges ou allemands qui se débattaient dans les mêmes galères qu'eux et avaient leurs propres flics aux trousses. S'attirer les bonnes grâces de Carlos, combattant réputé, chef du Front de libération de la Palestine, protégé à ce titre par la Jordanie, la Syrie, la Libye et les régimes communistes de l'Est, était une chance inespérée. L'occasion de jouer en grand, de n'avoir plus à s'inquiéter pour le blé, de toucher des armes de gros calibre, de mutualiser les ressources et d'envisager d'autres cibles.

Jean-Marc n'avait pas voulu se rendre lui-même au rendez-vous organisé par Chahine. Trop risqué. Le peintre était une vieille connaissance, mais le fiasco du vol de *L'Escamoteur*, qui avait envoyé un copain derrière les barreaux, lui avait laissé un goût désagréable. Chahine lui avait juré n'y être pour rien. Il avait expliqué n'avoir pas eu d'autre choix que de disparaître pour éviter que les poulets remontent jusqu'aux chefs. Ce n'était pas illogique. Jean-Marc voulait le croire, tout en restant sur ses gardes. Lorsqu'il avait évoqué le nom de Joëlle pour se rendre à Deauville à sa place, Nat avait fait la moue. Elle s'était demandé à voix haute si sa camarade saurait tenir la pression. Elle faisait allusion à sa récente arrivée dans le mouvement et à la came aussi. Joëlle l'avait bien compris. Elle avait juré qu'elle était clean, ce qui n'était pas totalement vrai, mais elle estimait que ça ne regardait personne. Elle se sentait tout à fait capable d'assurer. Le chef avait clos la discussion en faisant remarquer que le groupe ne croulait pas sous les gens de confiance. Il avait ajouté que Joëlle présentait bien, elle avait une allure et des manières qui les rendraient davantage crédibles. Ce n'était pas tous les jours qu'un ambassadeur leur filait rencard dans une villa à Deauville. Nat n'avait pas insisté.

Et pan. Prends ça dans ta gueule.

Joëlle n'avait pu s'empêcher de réprimer un léger sourire de triomphe. Elle ne se sentait pas capable de grand-chose dans la vie, mais elle savait porter un imperméable Burberry.

Lorsqu'il l'avait vue la première fois dans la villa sur la plage avec son regard étrange, ses cheveux de feu, le dégradé de ses pupilles et son allure garçonne, la fille lui avait immédiatement fait penser à Chantal. Les deux jeunes femmes ne se ressemblaient pourtant pas. Chantal était plus grande, ses pommettes très hautes lui donnaient un vague air russe, sa peau était claire, presque translucide, ses cheveux foncés avaient des reflets auburn. Mais comme la fille de Deauville, elle dégageait une sauvagerie qui l'avait irrésistiblement attiré. Pareno l'avait rencontrée six mois plus tôt dans un café où ils avaient tous deux leurs habitudes. Il s'y rendait généralement le soir, en sortant du travail, avant de regagner son studio. Il buvait une bière, parfois deux, accoudé au comptoir, des Kronenbourg toujours. Il se berçait des conversations avoisinantes puis rentrait chez lui avec le sentiment de s'être fait du bien. L'arrêt au Balto était devenu un rituel dont très vite il n'était plus parvenu à se passer, une pause bienvenue, un sas de décompression entre les tracas du bureau et le calme de son appartement. Lorsqu'il fut affecté à de nouveaux horaires, il se sentit très contrarié. Il finissait désormais deux heures plus tard, deux petites heures qui engendrèrent un bouleversement total dans son rituel. La clientèle de 20 heures n'était pas celle de 18 heures. En fin de journée, on croisait de tout. Des étudiants qui étiraient le temps autour d'un café partagé à plusieurs, des ouvriers se désaltérant à renfort de panachés très blancs, des employés et des cadres qui commandaient des verres de bordeaux. Les beaux jours, des enfants jouaient encore en terrasse, le menton taché de sirop de menthe ou de grenadine englouti trop rapidement. Rien de tel deux heures plus tard. Les salariés avaient déjà regagné leurs foyers, les gosses étaient rentrés avec leurs mères. À 20 h 30, la jolie serveuse dont il admirait l'agilité à empiler un nombre incalculable de tasses sur un plateau sans en faire tomber une seule, terminait sa journée comme celle à lunettes, plus timide et moins adroite, qui s'occupait des tables extérieures. Seul le patron était encore derrière son comptoir, aidé par un garçon à l'air si jeune que Luigi Pareno se demandait s'il était légalement en âge de travailler. Pour cette dernière heure avant la fermeture, la terrasse avait déjà été vidée de ses occupants, les chaises empilées et cadenassées aux tables avec d'épaisses chaînes. Tout sentait le départ, la fin de la journée.

Le premier soir qui avait suivi son changement d'emploi du temps, il nota que les rares clients présents au Balto avaient l'air passablement saouls, silhouettes courbées sur leurs ballons, regards absents ou mauvais. Il les détesta d'emblée. Ils faisaient partie de ceux que personne n'attend jamais, ni épouse, ni enfants, ni amis, des laissés-pour-compte de la vie sociale qui raclaient la soucoupe de cacahouètes en guise de dîner. Ils étaient lui en pire, celui qu'il ne voulait à aucun prix devenir. Il jeta ses pièces sur le comptoir et ressortit du bar quelques minutes à peine après avoir été servi. Il en avait assez vu. Dans la rue, il s'était senti contrarié et soulagé à la fois. Le Balto, c'était fini pour lui. Le soir, il s'achèterait désormais un pack de bières qu'il boirait comme tout le monde, en regardant la télévision.

Quelques jours plus tard, il décida de s'y rendre à l'heure du petit déjeuner, puisque désormais il commençait plus tard. Un détail le faisait hésiter : il n'avait aucune idée de la qualité du café qu'on y servait et il était assez tatillon sur ce point. Le premier matin, bien que le café soit tout à fait correct, il ne se sentit pas à son aise. L'ambiance était électrique, bruyante, les habitués entraient et sortaient sans prendre le temps d'ôter leurs manteaux. Le patron les servait au comptoir, il connaissait les habitudes de chacun, café serré, allongé, au lait, noisette, verre d'eau, tartines. La monnaie retentissait sur le zinc à l'instant même où la tasse fumante y atterrissait, comme si pas une seconde ne devait être perdue. Les clients avalaient leur breuvage d'un trait et repartaient aussi vite qu'ils étaient arrivés. Au comptoir, toutes sortes de gens se relayaient. Des travailleurs de la nuit aux traits tirés qui s'offraient un petit ballon de blanc en plaisantant avec le propriétaire, des hommes lisant *France-Soir*, attaché-case posé sur le sol au pied du tabouret haut, des bavards qui semblaient avoir déjà tout compris et commentaient l'actualité de l'air assuré de ceux à qui on ne la fait pas. Derrière cette agitation, une vie plus calme et moins visible au premier regard s'installait imperceptiblement dans la salle. Dès le troisième jour, Luigi Pareno repéra ceux qu'il appellerait bientôt « les gourmands ». La plupart du temps seuls, ils prenaient place confortablement sur les banquettes en skaï, commandaient une tartine beurrée ou un croissant avec leur café et feuilletaient lentement le journal comme s'ils étaient à la recherche d'une bonne nouvelle. Pareno tournait son crème dans le sens des aiguilles d'une montre en les observant sortir doucement du sommeil.

Lorsque Chantal fit irruption au Balto le cinquième matin, il sursauta. Elle avait ouvert la porte à battants avec une telle énergie que celle-ci cogna bruyamment sur une table de l'entrée. Elle s'excusa en pouffant, se débarrassa de son blouson qu'elle jeta avec son sac sur le guéridon posé sous le grand miroir où, chaque matin, la jolie serveuse notait au feutre blanc le menu du jour d'une écriture appliquée. « Ne t'en fais pas, la bourrasque ! », avait rigolé le patron. Cette familiarité indiqua à Pareno qu'il avait affaire à une habituée. Elle enleva son bonnet de grosse laine et ébouriffa du bout des doigts ses cheveux coupés au-dessus des épaules. Puis elle sortit une liasse de feuilles de son grand sac, des copies d'écolier à grands carreaux recouvertes d'encres maladroites et de ratures. Elle était prof, à l'évidence. Curieusement, lui qui n'avait gardé de sa scolarité que des mauvais souvenirs avait trouvé ça charmant. La bourrasque n'avait pas eu besoin de passer commande, le cafetier s'avançait déjà avec un plateau contenant un grand chocolat chaud recouvert de mousse ainsi que deux fines tranches de baguette. « Traitement de faveur », avait pensé Luigi Pareno en souriant intérieurement. D'ordinaire, le patron sympathisait peu avec les clients. Il se tenait en retrait, ni désagréable ni chaleureux, neutre. Il prononçait des phrases courtes, « bonjour », « bonsoir », « merci », « je vous en prie », « à demain », « bonne journée », une politesse mesurée et calibrée, sans expansion ni effusion. Il s'en tenait à l'essentiel, comme s'il craignait de se fatiguer dans d'inutiles discussions. Face à ceux qui insistaient pour lier conversation, il opposait une activité farouche, enchaînait les tâches, rinçait des verres, déplaçait des fûts, lançait des commandes en cuisine, si bien que devant tant de fougue au travail, les plus loquaces battaient en retraite. Avec la fille au bonnet, c'était différent. Il se comportait comme avec un proche. « Le petit déjeuner de la princesse ! » s'exclama-t-il en déposant le plateau devant elle. Il employait une expression que Luigi Pareno n'avait encore jamais entendue dans sa bouche. Elle lança en retour un sonore « Merci patron » et d'une main agile se mit à annoter frénétiquement ses copies tandis que l'autre trempait le pain beurré dans le chocolat. Inévitablement, des gouttes atterrissaient sur le papier mais ça ne semblait pas la gêner, elle les épongeait d'un geste rapide avec la manche de son pull. Ils sortirent en même temps du bar et il lui tint la porte pour la laisser passer devant lui comme il le faisait toujours avec les femmes. Elle se moqua de lui : « Après vous, lui répondit-elle en esquissant une courbette, on n'est plus au Moyen Âge ! » Ce genre de réflexion d'habitude l'aurait profondément énervé, il ne pouvait pas blairer les féministes. Cette fois, il avait souri, et son sourire se prolongea lorsqu'elle ajouta « À demain ! ». Il la regarda partir d'un pas rapide et joyeux. Ses santiags claquaient sur le macadam et son sac rebondissait sur sa cuisse droite. Il se promit de revenir tous les jours.

Avec Chantal, tout était allé vite. Dès le lendemain matin, Pareno était à nouveau accoudé au comptoir du Balto. Il s'était installé de manière à être légèrement de profil afin de ne pas manquer son arrivée. Elle entra comme la veille, dans un souffle, pétillante et fraîche, ses joues piquées de discrètes taches de rousseur. Elle s'assit à la même place que la veille et plongea rapidement son regard sur son paquet de copies. L'air absorbé par sa tâche, elle griffonnait les feuilles avec application, les manipulait avec vivacité. Ses gestes étaient rapides sans être nerveux. Ça lui plut. Il nota le subtil mélange de gaîté et de calme profond qui émanait d'elle et se dit qu'il devait être apaisant de fréquenter une femme comme elle. Elle savait ce qu'elle avait à faire, elle ne ferait pas d'histoires pour un rien, elle était suffisamment occupée pour ne pas se mêler de ses affaires et assez indépendante pour ne rien exiger de lui. Luigi Pareno était de ces hommes qui pensent que les histoires d'amour ne sont pas le fruit d'une alchimie, d'une rencontre de peaux, d'une concordance d'âmes ou de sentiments, mais plutôt de besoins croisés et de circonstances. Pour lui, tout était une question de moment. Il ne croyait guère au destin, la passion lui semblait hautement suspecte. Quand il entendait des couples assurer être « faits l'un pour l'autre », il ne pouvait s'empêcher de ricaner. Pareno pensait que l'on n'avait pas assez d'une vie pour se connaître soi-même. Prétendre percer les mystères d'un autre que soi lui semblait aussi vain qu'absurde. Le couple ne pouvait être qu'un arrangement momentané, un échange de services, une prestation réciproque de plaisir et de soutien.

Tout cela était un peu théorique. En réalité, il manquait d'expérience. Les femmes, il les avait jusqu'alors fréquentées de loin et il n'avait jamais partagé le quotidien de qui que ce soit. La solitude ne le faisait pas souffrir. Son métier le comblait, les filles de passage lui suffisaient. Parfois il les payait. Le plus souvent d'ailleurs, pour être tout à fait honnête. Ça évitait les malentendus. Chacun savait pourquoi il était là, aucun risque d'attentes déçues, de projections insensées. Il avait sincèrement cru qu'il en serait toujours ainsi, qu'il avait trouvé le bon équilibre. Il ne voulait pas d'enfants, il aurait eu trop peur qu'ils lui ressemblent, ça réglait en partie la question du couple. Il s'était convaincu qu'être célibataire était le meilleur moyen de se consacrer pleinement à sa mission. Luigi Pareno ne savait pas faire plusieurs choses à la fois, il le reconnaissait aisément. Il avait tendance à penser que ceux qui tentent de conjuguer une vie de famille harmonieuse et un travail prenant vont droit dans le mur. Mais depuis quelque temps, il devait bien avouer qu'il ne voyait plus tout à fait les choses de la même façon. Il approchait de la cinquantaine, c'était peut-être lié. Il ne se sentait pas vieux du tout, ça ne se situait pas là. Il avait toujours fait attention à lui, courait trois fois par semaine, il était encore vif et agile. Son âge, c'était les autres qui le lui rappelaient. Pas méchamment, d'ailleurs. Un jour, un stagiaire l'avait appelé « monsieur » et l'avait vouvoyé. Il s'était retourné pour voir à qui le garçon s'adressait avant de comprendre qu'il s'agissait de lui. Ça l'avait fait gamberger. Dans son service, ceux qu'il considérait comme des jeunes pousses commençaient à se marier et à avoir des enfants. Il ne s'en était pas aperçu tout de suite, mais il s'était retrouvé à contretemps, décalé. Désormais, quand il proposait à la cantonade de boire une bière à la fin du service, il ne recevait que des refus polis. Ils étaient attendus chez eux, ils étaient désolés, mais ils devaient se presser, aller chercher le gosse à la crèche avant la fermeture, passer au supermarché pour remplir le frigo. Son célibat l'isolait. Il se montrait arrangeant avec les jours de repos et les vacances. Comme il n'avait pas d'enfants, il lui semblait normal de laisser aux autres les créneaux des vacances scolaires et de se porter volontaire pour les permanences du week-end. Son rythme était le décalque inversé du leur, il lui semblait parfois que son existence n'avait d'autre but que de leur permettre de vivre la leur et cette sensation lui était de plus en plus désagréable. Pour la première fois, il songeait à se marier à son tour. Cela le remettrait sur un pied d'égalité qu'il avait insidieusement perdu.

Chantal arrivait à ce moment-là de sa vie comme une réponse possible aux questions qui se posaient à lui. Il n'avait pas eu besoin de la draguer. Tant mieux, il ne savait pas trop y faire. Une poignée de jours plus tard, elle traversa la salle pour le saluer et se présenter. Il ne s'y attendait pas et fut pris de court. Il aurait pu bafouiller, mais il ne s'en était finalement pas trop mal sorti. Le lendemain, quand elle s'approcha pour l'embrasser sur la joue, il eut un mouvement de recul et renversa son café d'un geste brusque du coude. Ils avaient ri tous les deux. Quand elle avait tourné les talons, il avait pensé qu'elle sentait bon. Plus tard, il apprendrait qu'elle aimait le jasmin.

Très vite, Chantal renonça à sortir son paquet de copies de sa besace et s'installa à ses côtés au comptoir. Il lui gardait désormais le tabouret situé sur sa gauche et si d'aventure un autre client cherchait à s'en emparer, il le stoppait sèchement : « Occupé. » Personne n'osait protester. Il l'avait remarqué avec le temps, son ton suffisait souvent à tenir les autres en respect. Sa corpulence aussi, ses épaules et son cou massif sculptés par des années d'entraînement. Il essayait de ne pas abuser de la crainte animale qu'il inspirait.

Avec Chantal, il n'avait pas besoin de faire d'efforts pour trouver des sujets de conversation, elle s'en chargeait toute seule. Elle avait toujours quelque chose à raconter, une anecdote concernant ses élèves, sa soirée de la veille, une rencontre fortuite dans la rue. Il aimait l'écouter, ce n'est pas que ça le passionnait – pas grand-chose ne l'intéressait en dehors de ses enquêtes et il ne pouvait pas en parler – mais l'enthousiasme qu'elle y mettait l'embarquait. Il se sentait porté, presque allégé en sa présence, et ce sentiment inhabituel le réjouissait. Un jour, elle lui proposa de la retrouver le soir pour dîner. Il refusa d'abord, il finissait trop tard. Elle insista, elle n'aimait pas dîner tôt, ça tombait bien, elle pouvait très bien l'attendre. Elle avait toujours une réponse à tout, une solution à chaque obstacle, une objection qui mettait à bas ses réticences. C'était à la fois reposant et un peu irritant. Il avait l'impression qu'elle était plus maligne que lui et ça le contrariait. Il le lui dirait un jour, mais rien ne pressait, cette histoire naissante lui apportait une gaîté qu'il pensait avoir perdue à jamais, c'était précieux, il ne voulait pas la gâcher avec des détails. Les ajustements viendraient plus tard. Il avait déjà fait la liste de tout ce qu'il lui faudrait changer si elle tenait vraiment à lui. Il lui demanderait d'éclaircir ses cheveux. Il aimerait aussi qu'elle remise ses jeans trop serrés, il voyait bien que les hommes se retournaient sur son cul. Ça serait bien également qu'elle la mette en veilleuse de temps en temps. Elle était bavarde, ça la rendait sympathique, mais un peu de silence parfois ne serait pas du luxe. Quand ils seraient ensemble, il allait de soi qu'elle renoncerait à ses habitudes du matin, une femme ne va pas seule au café, ça ne se fait pas. Il remettrait évidemment les pendules à l'heure sur les apéros du soir avec les soi-disant collègues profs. Il voulait bien être cool, mais il ne fallait pas le prendre pour un con non plus.

À force d'enchaîner les enquêtes et les filatures, Luigi Pareno avait perdu confiance en la nature humaine. Il savait de quoi les gens étaient capables. Il en avait vu des types ou des bonnes femmes qui trompaient leur monde. C'étaient d'ailleurs souvent ceux qui avaient l'air le plus avenant qui vous la faisaient à l'envers. Pas question de se faire avoir avec elle. Mais il devait jouer serré, attendre le bon moment pour fixer les règles et qu'elle soit suffisamment accrochée pour les accepter sans regimber. Elle était intelligente, elle comprendrait.

Sur la taie d'oreiller bleu pâle, les cheveux éparpillés de Joëlle dessinaient une toile d'araignée géante. Régis lui prit sa cigarette des lèvres pour en aspirer une bouffée. Elle se retourna vers lui en tirant le drap sur son corps nu.

— Tu leur dis ?

— Toi ?

— Toi ! Tu les connais mieux.

— Si tu veux.

— Tu crois pas qu'ils s'en doutent déjà ?

— C'est possible, on n'a pas fait trop gaffe. Ils savent qu'on passe beaucoup de temps ensemble.

— Ouais. Ça va les emmerder, tu crois ?

— Pourquoi ? Ils sont bien ensemble, eux.

Joëlle réfléchit un instant et se retourna vers Régis. Elle rapprocha son visage si près du sien qu'il crut qu'elle voulait l'embrasser.

— Eux, c'est pas pareil.

— Pourquoi ça ne serait pas pareil ? Parce que ce sont les chefs ? Tu sais très bien que ça ne veut rien dire, on est tous à égalité. Pas de hiérarchie, nous sommes un collectif.

— Sur le papier, oui, mais tu sais bien…

— Je ne sais rien du tout ! Tu les idéalises trop. Surtout lui. Tu ne devrais pas. Il pourrait en profiter.

— Qu'ils le sachent ou non, est-ce que ça fera vraiment une différence ?

— Pour moi, non. Mais je n'ai pas envie de me planquer comme un môme. C'est ridicule. Chacun fait ce qu'il veut de son cul du moment que les actions n'en pâtissent pas et qu'on reste concentré sur notre but.

— Tu as raison. Dis-leur. Excuse-moi. Je suis idiote avec mes hésitations.

— Mais non, t'es pas idiote. Allez, lève-toi, on va retrouver les copains et boire une bière.

Joëlle prit son temps, elle aimait que Régis la regarde. Elle savait qu'il la trouvait belle. Il le lui répétait souvent et ça lui faisait du bien. Elle enfila lentement sa culotte, puis son jeans, se rallongea sur le dos pour qu'il lui lèche les seins, ce qu'il fit avant de se relever brusquement.

— Coquine ! Allez on bouge, on est déjà à la bourre.

— On dira que ta mob est tombée en panne d'essence…

Vas-y mollo, tu as l'air de quémander. Tu veux le faire fuir ou quoi ? Ne fais pas la nana qui s'accroche, il n'est pas à toi et d'ailleurs tu n'es pas à lui. C'est fou cette difficulté que tu as à sortir des schémas bourgeois… Que tu peux être décevante…

Joëlle finit de s'habiller pendant que Régis se peignait les cheveux de la main gauche dans le miroir piqueté. Elle lui jeta un rapide coup d'œil et nota que les mecs dotés d'un grand nez lui avaient toujours plu, ça leur donnait du caractère.

Entre camarades, il y avait pas mal d'histoires de cul. La notion de couple, en revanche, n'avait pas sa place dans une organisation révolutionnaire. On partageait des moments et des lits dans des squats, des appartements ou des planques lors des cavales. La règle était implicite et simple : personne n'appartient à personne. Aucun compte à rendre, aucune justification à donner. L'action politique prime sur les sentiments. Il n'existe aucun lien supérieur à celui du groupe. Ça, c'était le principe. La réalité était souvent beaucoup plus compliquée. Il y avait des jaloux, des faux cool, des possessifs, et les embrouilles fleurissaient.

Avec Régis, ça avait commencé comme souvent, par plusieurs verres de trop et un rapprochement nocturne. Sauf que ça avait continué. Joëlle craignait que Jean-Marc et Nat ne le prennent mal, qu'ils la soupçonnent de se détourner de la cause alors qu'elle avait encore tant de preuves à donner. Eux aussi admiraient l'engagement de Régis, son énergie au combat, sa persévérance, son charisme. Il n'y avait pas mieux que lui pour vous convaincre de la pertinence d'une action, il alliait agilité rhétorique et courage sur le terrain. Leur binôme était devenu une évidence, ils fonctionnaient bien tous les deux. Elle profitait de son expérience dans la lutte armée et elle savait qu'elle pourrait compter sur lui en toutes circonstances. Il n'était pas le genre de type à partir en laissant des camarades derrière si une attaque tournait mal. Ç'aurait été dommage de tout gâcher en tombant amoureuse. Chaque fois que Joëlle essayait d'expliquer à Régis qu'ils feraient mieux de ne plus coucher ensemble, il répondait avec sérieux : « Pourquoi ? » Puis il grimaçait en faisant naviguer sa moustache et elle éclatait de rire. Ils se marraient bien. Elle savait qu'il serait difficile de ne plus faire l'amour avec quelqu'un qui la faisait autant rigoler. Alors elle prit la décision de ne pas arrêter.

— Tu n'es jamais content, en fait.

Quand Chantal lui avait balancé ça, Luigi Pareno s'était senti très contrarié. Il était en train d'évoquer sa situation professionnelle, ce sentiment pénible de ne pas être pris au sérieux et que ses enquêtes n'intéressaient plus ses supérieurs. En y réfléchissant plus tard, il s'était dit qu'elle n'avait peut-être pas tort. Pour une fois qu'il rencontrait une fille avec laquelle ça avait l'air de coller, il se mettait la rate au court-bouillon avec le boulot, c'était ballot. Il ne parvenait pas à chasser cette intranquillité latente qui lui pourrissait ses nuits. Il craignait d'être à nouveau sur une voie de garage, une aire de stationnement avant la retraite. Quand il confiait à des collègues flics ou gendarmes être sur le dossier des cinglés d'AD, ils le regardaient d'un air navré. « Mon pauvre », lâchaient les plus francs. AD n'intéressait plus personne. Les regards étaient tournés vers le terrorisme moyen-oriental, jugé beaucoup plus dangereux. Le front avait changé de continent. Les services s'étaient adaptés pour prévenir les nouvelles menaces. À plusieurs reprises, les supérieurs de Pareno lui avaient proposé de laisser tomber. Le terrorisme d'extrême gauche, c'était fini. Les fadas d'AD n'étaient peut-être même plus en France. Des indicateurs les logeaient en Algérie ou en RDA, protégés par la Stasi avec leurs camarades de la Rote Arme Fraktion allemande. Il n'allait pas continuer à s'accrocher à une brochette de ringards dont tout le monde se foutait, ce n'était pas de son niveau. Pareno était considéré comme un bon officier de terrain, on avait besoin de lui pour d'autres missions. Il n'en avait rien à faire, il faisait la sourde oreille. Il n'était pas question de les lâcher et de laisser un bleu reprendre le dossier. Pas maintenant. Personne ne les connaissait mieux que lui. Ces salauds en avaient encore sous le pied, ils n'avaient pas abandonné la lutte, ils pouvaient devenir plus féroces encore même si, il devait en convenir, le bras de fer avec le groupe était épuisant et stérile.

Pareno connaissait son Rouillan comme sa poche. Depuis son plus jeune âge, le Toulousain prenait un malin plaisir à jouer au hors-la-loi, narguant dès qu'il le pouvait policiers et gendarmes. À Toulouse, à peine adulte, il les provoquait déjà en mettant bien en évidence dans l'entrée de son appartement tous les verrous cassés lors des précédentes perquisitions dont il avait fait l'objet. Il se foutait ouvertement de leur gueule. Taquin pour taquin, les collègues n'étaient pas en reste. Tous les vendredis, ils avaient rendez-vous avec l'autonome dans une sorte de rituel immuable. Rouillan était à l'époque assigné à résidence, condamné à pointer sous peine d'être jeté au trou s'il n'honorait pas son contrôle judiciaire. Les flics l'attendaient en souriant dans le couloir du commissariat pour lui mettre la main dessus : « J'espère que tu n'as rien prévu ce week-end », et ils le balançaient quelques heures en cellule pour un prétexte ou un autre. Le pointage se transformait en guerre d'usure.

Entre lui et eux, c'était une vieille histoire, chacun dans son rôle. Ils se tutoyaient, s'appelaient par leurs prénoms comme d'anciennes connaissances, se charriaient. Les collègues s'amusaient à le chambrer sur son ventre : « Dis donc, on a forcé sur le cassoulet, on dirait ! » Ça marchait à tous les coups : Rouillan se vexait comme un pou, c'était drôle à voir. Ils partageaient un godet de temps à autre, mais aucun d'entre eux n'oubliait pourquoi il était là. La police s'efforçait de maintenir la pression sur ce groupe d'excités. Certaines nuits bleues, elle recensait jusqu'à huit attentats entre la tombée du jour et l'aube. Des explosions éventraient les façades des Agences pour l'emploi et celles des sociétés d'intérim, des vitrines de la ville rose étaient arrosées à l'arme de guerre. Rien de bien méchant, se disaient-ils entre eux, les assurances fonctionnaient à plein régime, aucune victime n'était à déplorer, mais ça occupait. À côté de leurs copains allemands, espagnols et italiens, les gauchistes hexagonaux étaient gentillets. Les journaux parlaient à peine de leurs méfaits, l'odeur de la poudre faisait alors partie du quotidien, elle ne brûlait plus les narines de quiconque. La presse consacrait de temps à autre un entrefilet à leurs activités nocturnes, pas davantage. Ce qui se passait de l'autre côté des frontières était tellement plus spectaculaire.

L'institution ne pouvait pas fermer les yeux pour autant. Il fallait régulièrement rappeler à cette bande de blaireaux qui étaient les plus forts, histoire d'éviter qu'ils oublient qu'on était à leurs basques. Les autonomes savaient qu'ils étaient surveillés, et ils en plaisantaient. Les gardes à vue ne menaient à rien. Rouillan et ses copains ne lâchaient pas un mot. « Je refuse de répondre à la question », c'est la phrase qu'ils répétaient le plus souvent. Ils se considéraient comme des prisonniers politiques et les forces de l'ordre n'étaient à leurs yeux que de serviles pions de l'impérialisme d'État. Au début, leur mutisme rendait les poulets dingues, et puis ils s'étaient habitués. Ils n'attendaient plus grand-chose des confrontations, elles faisaient partie d'un jeu qui allait durer dix ans, mais ça, ils l'ignoraient encore. Une partie de poker menteur, une guerre d'usure qui dégénérait lentement, entre deux camps irréconciliables.

Quand Luigi Pareno avait récupéré le dossier à Paris, la partie de cache-cache avait repris. Seules quelques têtes avaient changé. Certains militants étaient restés du côté des Pyrénées, d'autres pourrissaient en prison, des nouveaux étaient arrivés des bancs de la fac, des squats du nord de Paris, résidus de groupuscules gauchistes déliquescents. Il fallait se mettre à jour : identifier ceux qui n'étaient pas fichés par les services, localiser leurs piaules, placer sur écoute les plus actifs, remonter des filatures. Pareno savait que seul un flagrant délit permettrait de les coincer, ils étaient trop prudents pour laisser des traces. Dans la capitale, les autonomes bénéficiaient de nombreux soutiens. Les planques possibles ne manquaient pas et quand ça sentait le roussi, les militants s'évaporaient dans des HLM de banlieue, des foyers Sonacotra ou des squats où ils étaient accueillis comme des héros. Repérer et contrôler leurs appartements de repli avait pris des mois. Pareno s'était battu pour avoir le maximum de ressources possible. Il trépignait pour obtenir une présence policière aux abords des réunions politiques légales, des écoutes massives, des coups de filet surprises, des effectifs, encore et encore, pour mettre fin à leurs provocations. Il n'avait pas souvent eu gain de cause, ses supérieurs ne jugeaient pas la menace suffisamment sérieuse pour mobiliser autant de moyens matériels et humains. Il en avait conçu une amertume qui ne l'avait jamais vraiment quitté, même quand la doctrine officielle avait fini par s'aligner sur la sienne. Et puis il y avait eu ce coup de malchance, l'échec qui lui laissait un goût d'endive dans la bouche. Le foirage qui arrive au mauvais moment, qui fait perdre confiance et ravive les vieux démons, les inquiétudes et la colère.

Tout avait pourtant bien démarré. Après des semaines de surveillance, une équipe avait serré quelques membres de l'organisation un matin au métro Poissonnière. Dans la foulée, ils avaient découvert une planque dont ils ignoraient jusqu'alors l'existence. Ça sentait le jackpot, de ceux qui rapportent les félicitations de la hiérarchie, voire un coup de fil du ministre. Une poignée de militants avaient été arrêtés, deux armes de poing retrouvées dans un conduit de cheminée. Des preuves et un flag, de quoi se frotter les mains. Manque de bol, il avait fallu relâcher les suspects. Un indic avait été malencontreusement pris dans le coup de filet. Pour sauver sa couverture, les collègues avaient dû prétexter une erreur et dire aux autres de rentrer chez eux sans même les auditionner. Les types n'en étaient pas revenus, ils avaient filé sans demander leur reste. Lorsque Luigi Pareno eut vent de cette énorme boulette, il se trouvait au stand de tir où il s'entraînait trois fois par semaine. Il vida son chargeur méthodiquement, puis un second, un troisième, enchaînant les gestes, précis et concentré. Au quatorzième, il sentit une main sur son épaule. Il ôta son casque antibruit. Le directeur du centre se tenait à ses côtés : « Rentre chez toi Luigi, ça suffit maintenant, tu t'es bien défoulé. » En se dirigeant vers son immeuble, Pareno fit une halte au Champion. Il en ressortit avec un pack de bières dans chaque main. Il vida les bouteilles les unes après les autres en les décapsulant avec son briquet Total et s'endormit tout habillé sur le canapé.

Avec Chantal, tout semblait se passer comme sur des roulettes. Il l'avait laissée venir, puis avait doucement repris les choses en main, selon le plan qu'il avait établi. Pour leur premier dîner, elle avait choisi l'adresse. Une pizzeria pourrie où l'on voyait depuis la salle un cuistot maghrébin s'agiter aux fourneaux. Elle avait manqué de jugeote sur ce coup-là. Elle aurait pu deviner que Luigi Pareno ça ne venait pas de nulle part et qu'il y avait des chances qu'il s'y connaisse un peu en cuisine italienne. Il n'avait pas relevé, mais pour bien lui faire comprendre son erreur, il s'était adressé en italien au serveur qui, évidemment, n'avait rien compris étant donné qu'il était maghrébin comme l'autre. Il n'avait pas eu besoin d'en rajouter, elle avait regardé son assiette, un peu gênée. Lui faire baisser les yeux, c'était un des objectifs qu'il s'était fixés pour ce premier rendez-vous. Chantal lui plaisait, mais son assurance lui pesait. Pendant le dîner, il la laissa parler comme il en avait l'habitude. Il repéra assez vite ses points faibles, les nota mentalement et les classa en listes. Elle n'avait pas de famille, son père était mort et elle était plus ou moins fâchée avec sa mère qui vivait à Rosporden, en Bretagne. Elle s'était mal démerdée avec les hommes. Elle avait bêtement largué un certain Olivier qu'elle avait rencontré en fac de lettres et qui avait l'air gentil comme tout pour Thierry, un fieffé connard qui lui en avait fait voir de toutes les couleurs. Pour justifier cette monumentale erreur d'aiguillage, elle avait expliqué qu'elle commençait à s'ennuyer sévère avec Olivier, le cap des sept ans tu comprends, le sexe qui devient de plus en plus routinier, les projets qui s'amenuisent et la certitude de plus en plus évidente qu'elle ne se voyait pas s'engager pour la vie et fonder une famille avec lui, aussi sympa soit-il. Pareno avait hoché la tête, comme s'il approuvait. Ce qu'il comprenait surtout, c'était qu'elle s'était mise toute seule dans le pétrin. C'était bien la peine de s'être tapé huit ans d'études pour se faire avoir comme une débutante. Comme des tonnes d'idiots qu'il avait croisés dans son boulot, Chantal avait lâché la proie pour l'ombre, le palot pour le salaud. Le Thierry en question l'avait embobinée dans un bar, il avait sorti les billets et le grand jeu. Elle ne connaissait rien aux voyous. Le mec se prétendait chef d'entreprise, il disait avoir des usines de meubles au Portugal et passer son temps à voyager. Ça la changeait du collège, des copies à corriger et des cancans de salle des profs. Avec lui, elle avait l'impression d'être sur la passerelle du Concorde, bagage griffé à la main, lunettes de soleil sur la tête, parée pour l'aventure.

Olivier, l'officiel, ne devait pas être si endormi que ça. Il avait flairé quelque chose puisqu'il avait choisi pile poil ce moment-là pour proposer à Chantal le mariage, le gosse et tout le tralala. Elle refusa poliment. La demande arrivait trop tard, elle était déjà tombée amoureuse de Thierry, de sa vie trépidante et de ses promesses de bonheur 4 étoiles. Quinze jours plus tard, elle le rejoignait dans son immense appartement de la rue Saint-Honoré.

Très vite, elle s'était doutée que quelque chose ne tournait pas rond. Il payait tout en liquide, une liasse en permanence dans la poche intérieure de son costume. Son nom ne figurait sur aucune des boîtes aux lettres de l'immeuble. Quand elle l'interrogea à ce sujet – elle voulait savoir comment faire suivre son courrier à elle –, il lui expliqua que le logement ne lui appartenait pas, un ami fortuné le lui prêtait. Au bout de quelques mois de belle vie et de restaurants à gogo, après un aller-retour à Londres et une virée dans un hôtel de charme en Bourgogne où ils étaient allés visiter les caves et remplir le coffre de la voiture de bonnes bouteilles, Thierry avait plus ou moins disparu de la circulation. Ses « affaires » lui prenaient de plus en plus de temps, les usines portugaises exigeaient sa présence, il ne repassait dans l'appartement qu'en coup de vent, soucieux, irrité. Un jour d'ennui, elle avait fouillé dans les étagères du dressing et y avait trouvé un lot de passeports avec des identités différentes, retenus par un élastique. Elle les avait rapidement remis à leur place et avait refermé l'armoire de peur de tomber sur un indice plus inquiétant encore. Deux semaines plus tard, elle fut réveillée par un coup de bélier dans la porte. Les flics déboulaient pour une perquisition. Ils l'avaient interrogée au sujet d'un certain Tony dont elle comprit qu'il devait être Thierry sans savoir lequel de ces deux prénoms était le bon. Ça faisait dix mois qu'elle vivait avec lui et elle était incapable de répondre aux questions des policiers. Elle ne savait rien de lui. Les collègues l'avaient embarquée pour la forme, à ce que Pareno avait compris. Après un interrogatoire express, ils l'avaient relâchée. Elle s'était retrouvée sur le trottoir du commissariat, complètement sonnée. Elle n'avait même pas pu récupérer ses fringues, l'appartement était sous scellés. Une collègue sympa, une prof de chimie qui vivait seule, l'avait hébergée le temps de remonter la pente. Elle avait fait une « petite dépression », comme elle l'avait pudiquement confié. Pareno en avait déduit qu'elle avait morflé, mais il s'était abstenu de tout commentaire. Il s'était contenté de continuer à dodeliner de la tête d'un air compatissant. L'histoire remontait à deux ans. Heureusement, elle avait eu le temps de cicatriser, il se serait senti incapable de jouer les infirmiers pour le coup. Il connaissait ses limites. Elle répétait qu'elle allait beaucoup mieux, même si sa situation n'était pas brillante. Elle avait 37 ans, pas d'enfant, elle avait perdu du temps. Elle ne ferait pas la difficile sur le suivant. Elle avait juste besoin d'être rassurée, de tomber sur un type carré, droit, fiable. De ce point de vue-là, il savait qu'il cochait toutes les cases. Il avait un emploi sérieux, pas de casseroles sentimentales, ce n'était pas un embrouilleur, elle pourrait croire en lui.

Il est toujours facile après coup de dire qu'on a senti quelque chose de foireux, alors Joëlle s'était abstenue de le faire. Après le premier contact de Deauville, Chahine avait mis une pression phénoménale à Jean-Marc pour qu'il se déplace en personne. Il avait longuement hésité, la proposition avait fait l'objet de plusieurs réunions entre eux. Comme souvent, il y avait les pour et les contre, les audacieux et les prudents, les optimistes et les frileux, les kamikazes et les planqués. Jean-Marc avait écouté les uns et les autres et s'était finalement laissé convaincre de sortir du bois. Chahine avait emporté ses dernières réticences en lui faisant miroiter un rendez-vous avec Carlos en personne. Une rencontre avec le Chacal, le genre d'occasion difficile à refuser. Chahine savait ce qu'il faisait. Il n'avait pas mégoté sur les détails et à bien y réfléchir, c'était tellement gros que Jean-Marc lui-même s'était demandé plus tard comment il avait pu gober un truc pareil. Le peintre avait fait monter la sauce, parlé d'un énorme coup à l'étranger avant de lui lâcher « l'information » : Carlos avait besoin d'eux pour faire sauter le barrage d'Assouan en Égypte. En échange, il s'engageait à verser un million de dollars à AD. Rien que ça. Cette action spectaculaire, si elle était menée à bien, non seulement renflouerait leurs caisses mais leur apporterait la visibilité internationale qui leur manquait. Leur réputation dépasserait enfin les frontières de l'Hexagone, on les prendrait au sérieux. Rien ne tenait debout, mais l'artiste avait su toucher une corde sensible. Rouillan donna son accord, péché d'orgueil. Rendez-vous fut fixé dans un immeuble de la rue Pergolèse, située dans un quartier chic, à deux pas des Champs-Élysées. Il était censé se dérouler dans l'appartement d'un révolutionnaire japonais. Jean-Marc avait décidé de s'y rendre avec Nat. Elle conduirait et ferait le guet pendant qu'il irait voir le Vénézuélien. Il n'avait pas pu fermer l'œil de la nuit. La veille, ils avaient passé la soirée à définir les points importants à discuter avec le guérillero. Ils étaient tous d'accord : il était essentiel de le convaincre de la pertinence de leurs visées révolutionnaires, de la rigueur de leur appareil théorique, de la solidité de leurs soutiens. Il fallait gonfler leurs effectifs, vanter leurs liens avec les camarades italiens et allemands. Pas la peine de trop en faire non plus. Carlos travaillait main dans la main avec les sbires de la Stasi en RDA et devait avoir ses fiches à jour. Jean-Marc avait répété son petit topo devant eux, à la fois appliqué et fébrile, essayant de gommer cet accent toulousain dont il peinait à se débarrasser. Il avait un trac monstre.

Carlos, c'était un morceau. Un CV long comme le bras auprès duquel ils faisaient figure de lanceurs de pétards. Et puis il avait de l'éducation, et ça c'était le genre de truc qui intimidait Jean-Marc. À deux heures du matin, Nat lui dit d'aller se coucher, mais il ne resta pas longtemps allongé. Joëlle l'entendait monter et descendre, allumer cigarette sur cigarette, se faire chauffer de l'eau. Ça ne la dérangeait pas, elle n'arrivait pas à trouver le sommeil non plus. Au petit matin, quand elle le rejoignit dans la cuisine, elle nota qu'il avait taillé sa moustache et les pattes de ces tempes. Une odeur de musc se mêlait à celle du café. Il s'était parfumé. Joëlle sourit sans dire un mot. Au moment du départ, elle les avait serrés dans ses bras, une effusion spontanée qui disait une inquiétude diffuse. Après coup, elle s'en était voulu de ne pas les avoir retenus.

Lorsque Nat et Jean-Marc s'étaient approchés de l'immeuble à bord d'une 603 cabossée, ils n'avaient rien noté d'anormal. Nat stoppa devant le numéro indiqué et Jean-Marc sauta de la voiture pour se précipiter à l'intérieur. Il jeta un rapide coup d'œil aux boîtes aux lettres, dont l'une indiquait un nom japonais. Rassuré, il grimpa les escaliers quatre à quatre. Pendant ce temps, Nat garait la caisse un peu plus loin. Arrivé en haut, un coup violent s'abattit sur la nuque de Jean-Marc. En deux secondes, il s'était fait plaquer au sol et menotter. Un piège parfait, une arrestation rapide et propre. Il redescendit les marches tête baissée, dans un silence rageux, entouré par trois condés triomphants. Dehors, c'était le gros bordel. Un échange de coups de feu avait semé la panique dans les rues adjacentes. Jean-Marc comprit immédiatement que Nat était venue à sa rescousse. Elle arrosait de tirs les membres de la brigade d'intervention, qui ripostaient allègrement. Il se mit à hurler comme un dingue : « Si vous tuez Nathalie, si vous tuez Nathalie ! » Quand elle avait lu le compte rendu dans les journaux, Joëlle avait compris combien il avait eu la trouille. À quel point il tenait à Nat aussi, sous ses airs blasés. Il avait gueulé tellement fort qu'un flic en civil lui avait balancé une mandale pour le faire taire. Ça leur faisait du bien de cogner dans ces moments-là. Rien de tel qu'un bon bourre-pif pour évacuer la tension ; d'autres camarades avaient déjà fait les frais des méthodes policières. Nat fut maîtrisée quelques minutes plus tard après avoir touché un des poulets. « Je suis Action directe ! Je suis Action directe ! » Ses cris résonnaient dans la rue pendant qu'elle avançait vers le fourgon, mains sur la tête en signe de reddition. Le lendemain matin, la photo de son arrestation ferait la une de tous les journaux. Alertés par les bruits des tirs, des photographes, en planque devant le domicile de la princesse de Monaco situé à un jet de pierre de là, s'étaient précipités sur les lieux de la fusillade. Au moins, pour une fois, ils n'avaient pas perdu leur temps.

Personne ne pourrait plus lui dire que les fous d'AD étaient inoffensifs. Avec l'exécution de Chahine la situation était devenue on ne peut plus claire. Le samedi 13 mars 1982, un an et cinq mois après l'arrestation de Rouillan et Ménigon rue Pergolèse, un commando s'était présenté à la porte du peintre dans l'atelier d'artiste qu'il occupait près du Père-Lachaise. Le tireur s'était déguisé en facteur. Sous sa veste, un fusil à canon scié. Il avait attendu que la compagne de Chahine monte avec son bébé dans la mezzanine pour sonner. « Un télégramme pour vous. » Chahine était en train de faire son tiercé quand il entendit la sonnette. Il hésita à se lever. Davantage par flemme que par appréhension : il craignait de perdre le fil de ses réflexions. À peine avait-il entrebâillé la porte qu'il se prit une décharge de chevrotine dans la poitrine, puis une deuxième en pleine tête. Bam, bam ! Le temps que les voisins réagissent, le tireur était parti rejoindre le reste de l'équipe dans une voiture garée à proximité. Le fusil fut jeté dans une bouche d'égout. Quand ils arrivèrent sur les lieux un peu plus tard, les policiers eurent du mal à identifier le corps. Le crâne de Chahine avait littéralement explosé et son visage n'était plus qu'une bouillie de poils, de chair et de sang.

La liquidation du « traître » avait été décidée collectivement lors d'une réunion secrète des chefs d'AD, ainsi que Luigi Pareno l'avait reconstitué plus tard. Chahine était depuis un moment dans le viseur de l'organisation. Il avait beau nier être pour quoi que ce soit dans le traquenard de la rue Pergolèse, tout l'accusait. Il avait demandé à voir les proches du chef, avait plaidé un mauvais concours de circonstances, comme pour le vol du tableau. Il pensait les avoir convaincus de son innocence et pouvoir s'en tirer une nouvelle fois. Sans qu'il s'en doute, son sort était scellé. Il perdait chaque jour des points de vie. C'est le problème avec les mecs trop à l'aise : ils s'imaginent toujours pouvoir s'en sortir en baratinant. Rouillan avait eu tout le loisir de gamberger en taule. Dans sa cellule, il s'était repassé le film de l'arrestation dans tous les sens. Il n'avait que ça à faire, réfléchir, écrire des tracts et faire des pompes. Il avait vite fait le tour de la question. Il s'était fait piéger et Chahine n'y était pas pour rien. Nat aurait pu y passer, se faire descendre sous ses yeux lors de la fusillade et ça, il ne pourrait jamais le pardonner. Il fallait faire un exemple, signifier à tous qu'on ne pouvait pas se foutre de leur gueule impunément. L'élection de François Mitterrand à l'Élysée et la loi d'amnistie qui avait suivi étaient arrivées comme un cadeau du ciel pour les terroristes. Rouillan était sorti peu après l'installation des socialos au pouvoir. Plus tard, au terme d'une mobilisation sans failles de leurs soutiens, Ménigon avait été libérée à son tour. Quelques mois en prison alors qu'elle avait blessé un flic en lui tirant dessus, un cadeau. Les collègues l'avaient en travers de la gorge à un point inimaginable. Pareno le premier. Il en avait été malade. Pour la première fois de sa vie, une sciatique lui avait paralysé une jambe et le dos. « Vous ne voulez plus avancer », lui avait sorti un médecin qui se prenait pour un psy. « Gardez vos salades pour le prochain patient et donnez-moi une ordonnance d'antidouleurs », lui avait sèchement répondu Pareno. Il avait mis un temps fou à s'en remettre. Il avait dû pipeauter à Chantal qu'il partait pour une mission de plusieurs semaines à l'étranger et il était resté tanké chez lui. Il ne voulait pas qu'elle le voie dans cet état. Il tournait l'histoire en boucle. Des années de boulot, de filatures compliquées et de risques insensés pour que ça se finisse en eau de boudin : un petit tour derrière les barreaux et hop, ils étaient déjà dehors à manigancer leurs saloperies. Ça le rendait hystérique. Ces gars-là ne renonceraient jamais, Pareno en était convaincu. Ils allaient reprendre du service, restait à savoir quand et comment.

De retour au bureau, il avait obtenu le maintien d'une surveillance serrée. Des téléphones furent mis sous écoute, des planques identifiées et placées sous surveillance. Le contact de Chahine avait conseillé à plusieurs reprises à l'indic de se tirer. Le peintre s'était contenté de sourire : où irait-il ? Il n'avait d'attaches ni en Égypte ni au Liban, personne ne l'attendait nulle part. Sa copine n'avait pas l'intention de bouger non plus. Ils n'avaient aucune conscience du danger. Chahine avait toujours joué au plus malin. « Ne vous en faites pas pour moi, il ne m'arrivera rien. » Il bravait les évidences. Pas étonnant de la part d'un type qui porte une dent de requin sur le poitrail, pestait Pareno. Les flics chargés des écoutes entre les membres de l'organisation avaient relevé des choses bizarres. Des notes avaient été produites. Un membre d'AD laissait entendre à Rouillan qu'il avait une source dans la police. Cette taupe lui aurait balancé le nom de Chahine. Le truc était tellement énorme que personne n'avait osé y croire. Pareno, qui avait pourtant toujours tendance à imaginer le pire, n'avait pas fait exception. Un flic à la solde de ces zinzins, ça n'entrait pas dans ses cases. Il fut tout de même décidé d'ordonner à Chahine de se tirer fissa. Les collègues s'étaient mis d'accord pour que la prime reçue en liquide par le ministère de l'Intérieur en remerciement de l'arrestation de la rue Pergolèse lui soit intégralement reversée. La mallette lui fut remise dans une voiture. En l'ouvrant, Chahine n'en était pas revenu. Il y en avait pour un bon paquet, largement de quoi prendre de longues vacances sous les cocotiers. Il était reparti avec l'oseille et la banane et avait regagné tranquillement son appart. Les jours suivants, il n'avait toujours pas bougé. Sur l'insistance des services, il avait consenti à faire un petit tour à Toulouse avant de rentrer rapidement rue des Pruniers. « Je m'emmerdais là-bas », s'était-il contenté de dire. Au lieu de se mettre à l'abri, il se faisait remarquer, claquait tout son pognon en fêtes dantesques où gauchos et artistes de mes deux s'arsouillaient à l'œil. Il agissait comme s'il avait une cible tatouée au milieu du front. Un suicide. Pareno n'arrivait pas à comprendre comment il avait pu se montrer aussi con.

Lors de la réunion qui avait suivi la découverte du corps, il avait senti ses collègues sacrément mal à l'aise. Et pas seulement parce qu'il y avait potentiellement une brebis galeuse dans le groupe, ce qui était assez emmerdant, il ne fallait pas se le cacher. Le plus inquiétant avec le meurtre de Chahine, c'est qu'il ne s'agissait pas d'un banal règlement de comptes comme la presse l'avait raconté. Il actait le commencement d'autre chose, une montée en puissance, la radicalisation, une dérive dans la violence. Une barrière avait sauté dans le camp adverse. Pareno avait parfaitement compris le message : s'ils avaient assassiné une fois de sang-froid, à bout portant, sans une once d'hésitation, ils recommenceraient.

Elle était tombée à son tour. Décidément, ils ne lâcheraient jamais rien, ces enfoirés. Ils seraient toujours à leurs basques. Malgré leur détermination, la police d'État restait la plus forte. Jusqu'à présent, Joëlle était passée à travers les mailles du filet et en tirait une certaine fierté. Erreur. Des imprudences, ils en commettaient tous, l'avait consolée Jean-Marc. Il avait lui-même fréquenté tant de taules qu'il aurait pu rédiger un guide comparatif des prisons et des quartiers de haute sécurité. Quand on se fait avoir, il faut toujours essayer d'en comprendre les raisons, apprendre de ses échecs, ça peut être utile pour la suite. Le chemin est long pour devenir un combattant aguerri. Pour le coup, Joëlle n'avait pas été victime d'une trahison comme Jean-Marc et Nat, elle s'était fait bêtement serrer en ce début de printemps 82.

Elle s'était chargée de la location d'un box, rue du Borrégo dans le quartier de Saint-Fargeau quelques mois plus tôt. C'était la plupart du temps à elle que revenait ce genre de tâches. Elle achetait les bagnoles, louait les appartements qui servaient de planques, signait les baux. Elle n'avait pas de casier judiciaire, contrairement aux autres, et elle présentait bien. Sa blondeur et sa politesse endormaient les propriétaires. Ces derniers temps, elle logeait avec Mohand, un camarade de lutte, dans un squat de la villa Poissonnière. Mohand avait rejoint le groupe à peu près en même temps qu'elle. Ils s'entendaient bien, assuraient souvent les missions en duo. La presse les présenterait plus tard comme un couple, c'étaient probablement les condés qui leur avaient vendu ça, ils étaient décidément complètement à la ramasse, mais c'est un autre sujet.

Leur squat était surveillé par les RG, elle ne l'avait su qu'après. Cette pourriture de Chahine venait de se faire descendre et les flics étaient à cran. Un policier présent à Deauville l'avait reconnue par hasard alors qu'elle marchait rue Caplat avec Mohand. Le genre de truc qui n'arrive que dans les films. Il les avait vus monter dans une 403 déglinguée et avait relevé le numéro de leur plaque minéralogique. Sérieux, le mec. Manque de chance, la voiture était déclarée à son nom, Joëlle Aubron, et inscrite au domicile de ses parents, boulevard Vincent-Auriol, dans le XIIIe arrondissement. Avec son nom et l'adresse, c'était un jeu d'enfant.

Le problème, c'est qu'elle avait déjà déconné. Alors qu'elle aurait dû la jouer discrète, elle s'était fait arrêter un mois avant avec Régis et trois autres copains suite à une embrouille dans un cabaret de la rue Monsieur-le-Prince, en plein cœur du Quartier latin. Ce n'était pas hyper malin d'aller traîner à la Paillotte ce soir-là. En même temps, il fallait bien se détendre, s'amuser un peu de temps en temps. Entre deux opérations, ils se faisaient tout de même sacrément chier. Depuis deux ans, Joëlle s'était totalement dévouée à la cause. Deux ans à se fader des discussions sans fin, à ronéotyper des textes tellement compliqués qu'ils en devenaient incompréhensibles. Deux ans à préparer des coups auxquels il fallait renoncer trois fois sur quatre, à surveiller des cibles, des dépôts d'armes et de munitions, des commissariats et des agences bancaires. Deux ans à faire le pied de grue et à éplucher les petites annonces pour trouver de nouvelles bases de repli, à trimballer des flingues et des grenades pour les cacher dans des caves en banlieue, à se rendre dans des fermes tenues par des dégénérés sous LSD pour négocier des cartons d'explosifs dont personne n'était sûr de l'efficacité, à fuir les amis d'avant. Deux ans à se planquer, à se grimer, à réfléchir à ses itinéraires la peur au ventre d'être suivie, à sortir dans la nuit et le froid pour passer un coup de fil d'une cabine téléphonique de crainte d'être sur écoute. Deux ans à se méfier de tous, du camarade trop sympa, du nouveau venu, du dragueur, de celui qui sort de garde à vue, de l'indic potentiel, du flic aux cheveux longs qui roule ses clopes d'un air tranquille.

Parfois, Joëlle se sentait fatiguée de tout ça et dans ces moments-là, où elle était au bord de tout lâcher, où elle ne trouvait plus de sens à ce merdier, elle se disait qu'une bonne bringue, ça ne pouvait pas faire de mal. Régis était sur la même longueur d'onde. L'as des attaques à main armée adorait rigoler, elle n'avait pas besoin de le forcer. Ce jour-là, un des gars avait de la blanche et la soirée s'était écoulée comme une bière bien fraîche un soir d'été.

La lune était ronde et Régis était drôle et doux. L'ivresse l'avait rendu tendre. Ou c'était toi qui l'étais. Qu'est-ce que tu aimais ça, vos moments d'abandon, ses mains sur toi, ses yeux qui souriaient en te regardant, la défonce et le plaisir qui ne faisaient plus qu'un. Souviens-toi comme c'était bon.

Joëlle n'avait pas vu le temps passer, planant tranquillement dans les bras de Régis. Ils avaient prévu de dormir ensemble, ils feraient sans doute l'amour au petit matin. Les étudiants commençaient à rentrer chez eux l'épaule droite ployée sous le poids de leur sac US, les terrasses fermaient les unes après les autres, les premiers camions de livraison remontaient le boulevard Saint-Michel pour achalander les commerces de bouche. Ils avaient tous pas mal picolé et une dispute avait éclaté, elle était incapable de s'en rapeller la cause. Un type leur avait cherché des noises, un copain lui avait mis son poing dans la gueule. Toujours est-il que ça s'était transformé en baston. Le patron, une vague connaissance, avait essayé de ramener le calme. Il n'arrivait à rien et un voisin, réveillé par le bruit, avait finalement appelé la police. Ils s'étaient retrouvés tous les cinq en garde à vue. La mouise. La fouille n'avait pas donné grand-chose. Les poches de son cuir contenaient des clopes, un briquet, du mascara et un rouge à joues. Elle avait eu un peu honte quand ils lui avaient mis son maquillage sous le nez, elle n'assumait pas sa coquetterie. Le plus emmerdant était ce chèque caution de 500 francs émis par une agence immobilière pour la location du box du XXe. Les flics avaient tiqué, mais sur le coup, ils n'avaient pas insisté. Ils l'avaient finalement relâchée car ils n'avaient rien contre elle, elle n'était pas encore fichée. Elle était ressortie soulagée. Au bout de quelques jours, elle n'y pensait plus. Alors qu'elle se croyait tranquille, les poulets remontaient la piste du chèque. Ils avaient trouvé l'adresse des parents, avaient mis la main sur le box, découvert le stock d'armes qui s'y trouvait puis attendu tranquillement qu'elle se jette dans la gueule du loup. Mohand l'accompagnait ce jour-là. Elle avait pour mission de récupérer des faux papiers et un flingue. Elle ne pouvait pas savoir que les flics avaient découvert la cache, qu'ils grouillaient dans chaque recoin du parking. Ils leur étaient tombés dessus, armés jusqu'aux dents, au moment où elle et Mohand s'engouffraient dans la rampe d'accès. Ils les avaient sortis violemment de la voiture et les avaient plaqués au sol. Un véritable guet-apens.

Cette fois, t'es foutue ma grande. C'est parti pour la taule, il va falloir tenir le coup.

Pour sa pause déjeuner, bien calé dans sa congère, des couches de papier journal sous le postérieur, Luigi Pareno sortit de sa poche le sandwich qu'il s'était confectionné avant de quitter Paris. Comme toujours pour les occasions importantes, il avait soigneusement choisi sa garniture : de la coppa et une épaisse tranche de bocconcini achetées chez un traiteur napolitain situé près de la place de la République. Il y avait ajouté quelques morceaux de tomate, même si ce n'était pas la saison et qu'elles n'avaient aucun goût. Le pain était glacé sous le film plastique dans lequel il était emballé, ça faisait néanmoins son petit effet. Dès qu'il croqua dedans, une douillette satisfaction l'envahit. En reproduisant à l'identique le casse-croûte que sa mère lui glissait dans son cartable, il mangeait ses souvenirs. À quelques heures de l'assaut final, bloqué dans la neige, il se réchauffait aux saveurs de l'enfance et au regard tendre de Francesca.

« *Furioso.* » C'était ainsi que sa *mamma* l'appelait lorsqu'il était petit. Un de ces surnoms que seules les mères peuvent inventer pour rassembler en quelques syllabes à la fois leur amour et leurs craintes. Depuis son plus jeune âge, Luigi se mettait dans des colères épouvantables et passait son temps à se battre. Il revenait régulièrement de l'école les yeux brillants d'avoir corrigé un imprudent qui l'avait défié. Parfois il tombait sur plus fort que lui et rentrait le visage tuméfié et le nez en sang. Il portait encore aujourd'hui de minuscules cicatrices un peu partout sur le visage, de celles qui donnent un air voyou et attirent le regard des filles électriques qui ne résistent jamais à un mauvais garçon.

À chaque bagarre, Francesca se prenait la tête dans les mains en hurlant d'une manière exagérément théâtrale « mon Dieu, mon Dieu, tu vas finir par te prendre un vrai mauvais coup ». Elle ajoutait : « Ce ne sera pas la peine de donner mon numéro de téléphone le jour où tu seras à l'hôpital, tu te débrouilleras sans moi ! — Tu parles », il haussait les épaules sans en croire un mot. Le jour où il s'y était retrouvé – il n'avait pas 13 ans et avait entrepris de rosser deux grands de 15 ans qui l'avaient traité de « taré » –, elle avait évidemment accouru à son chevet et ne l'avait plus quitté de la nuit. « Il ne peut pas s'empêcher de se battre, que voulez-vous », répétait-elle au médecin de garde qui la sommait de calmer ce fils infernal. Entre deux sanglots, ses pupilles noires s'éclairaient d'une joie difficilement contrôlable. « Au moins celui-là ne se fera jamais marcher dessus comme son père. » Luigi avait fini par comprendre que la fierté de sa mère n'avait que peu de rapport avec lui, mais avec de vieux comptes, ceux d'un couple qu'il n'avait jamais eu le loisir ou le malheur de connaître.

En grandissant, il acquit du muscle et une véritable habileté à la castagne. Sa rage prit une telle ampleur qu'il était désormais capable de mettre au tapis n'importe lequel de ses adversaires. Après avoir été renvoyé du lycée à plusieurs reprises, il avait accepté de faire de la natation pour « calmer ses nerfs », selon le conseil de l'assistante sociale. Il y avait pris goût et en était le premier surpris. À l'âge de 16 ans, il se rendait tous les soirs à la piscine municipale pour ses entraînements. Lorsqu'il sortait du vestiaire, après s'être déshabillé à la hâte, il se sentait galvanisé comme un soldat prêt à partir au combat. Il suivait toujours le même rituel : il tirait d'abord sur le cordon de son maillot de bain rouge pour vérifier qu'il tenait bien, enfilait délicatement son bonnet en plastique, ajustait ses lunettes. Il contournait le pédiluve – l'idée d'y plonger un orteil le dégoûtait au plus haut point. À un maître nageur qui lui avait un jour reproché ce manquement aux règles de base, il avait jeté un regard si sombre que le gars avait baissé les yeux et n'avait plus osé lui adresser la parole. Pareno s'avançait vers le bassin sans regarder personne, il se positionnait lentement au bord d'une ligne, fléchissait les genoux, tendait les bras et plongeait de toute sa puissance afin de ressortir de l'eau le plus loin possible. Il enchaînait les longueurs sans jamais s'arrêter, dos crawlé, brasse, crawl, papillon enfin pour développer ses épaules et ses pectoraux. Il ne s'arrêtait que lorsque retentissait la cloche électrique qui indiquait la fermeture de l'établissement. Il restait ensuite le plus longtemps possible sous le jet de la douche dont il réglait la chaleur au maximum. L'eau brûlante réchauffant ses muscles endoloris lui procurait une sensation de bien-être intense. Lorsqu'il rentrait chez lui il se jetait sans un mot sur le repas que sa mère lui avait préparé. Il engloutissait les pâtes fumantes qui débordaient de l'assiette creuse, il adorait celles au ragoût, un peu moins celles au lard et aux brocolis qu'il recouvrait d'un nuage de parmesan pour en masquer le goût. Pendant qu'il mangeait, Francesca lui massait les épaules et le cou d'un air satisfait.

Il ne se posa guère de questions pendant les deux années qu'il consacra à la pratique intensive de la natation. Quand le club auquel il avait été contraint de s'affilier pour bénéficier des meilleurs créneaux de nage et d'un tarif préférentiel lui avait proposé de participer aux championnats régionaux, il n'avait pas répondu. Le responsable avait interprété son silence comme une approbation et l'avait inscrit à une dizaine de compétitions, il avait l'air de considérer qu'il avait du potentiel. En découvrant son nom sur la liste, Luigi Pareno avait été très contrarié. Il se rendit néanmoins à la première épreuve, mais une fois venu son tour de se jeter à l'eau, il se traîna comme une limace. Lorsqu'il ôta ses lunettes, accoudé au bord du bassin, ses coéquipiers le regardaient d'un air ahuri. « Luigi, tu l'as fait exprès, c'est pas possible ! » Il émit un soupir sonore avant de se rendre à la douche et ne remit plus jamais les pieds à la piscine. Quelque temps plus tard, il croisa dans la rue un des membres de l'équipe. « Alors, on se sent bien ? Espèce de lâcheur », lui lança l'inconscient avec un sourire narquois. Cette moue-là, Luigi Pareno n'avait pas pu la supporter. Une rogne incontrôlable envahit son cerveau et, sans réfléchir, il bondit littéralement sur le type et le roua de coups de poing. La vue du sang qui commençait à gicler des chairs éclatées ne calmait pas sa rage. Au contraire, elle démultipliait son excitation. Plus le corps de l'autre perdait de sa consistance, plus ses frappes devenaient lourdes. Si un groupe de passants ne l'avait pas ceinturé et projeté à l'écart, il l'aurait probablement tué.

Alerté par le voisinage, Francesca réussit à convaincre tout le monde d'en rester là. Elle pleura tant, cria tant, s'excusa tant que la victime ne porta pas plainte. Un mois après – ses cicatrices étaient encore fraîches –, il se fit embaucher dans une usine située à trente-cinq kilomètres de là et on ne le revit plus en ville.

Francesca ne se priva pas de répéter à Luigi qu'il s'en était bien sorti. « La chance, ça tourne. Tu dois te calmer, ça va mal finir. » Il n'y avait alors plus de fierté dans ses yeux, juste de l'inquiétude. Luigi s'en aperçut et pour la première fois il ressentit de la honte à causer tant de tourments à une mère qu'il dépassait désormais de deux têtes. Un soir, elle lui demanda de s'asseoir en face d'elle, versa du limoncello dans de petits verres en cristal et lui annonça avoir bien réfléchi à son « problème ». Il n'y avait pas trente-six mille solutions pour calmer ce qu'elle appelait ses « excès diaboliques » : soit il se mariait – sa sœur lui avait parlé d'une fille très bien qui pourrait faire l'affaire –, soit il s'engageait dans l'armée. Trois jours plus tard, Luigi Pareno se rendit à la caserne la plus proche.

Dire qu'il s'était calmé d'un coup serait aller un peu vite en besogne. Il y avait bien eu une ou deux rechutes. Plusieurs mois après, alors qu'il rentrait de permission, fourbu par une semaine d'entraînement à la dure, il avait cru entendre un gars le traiter de « tapette » dans la rue. Il n'avait pas pu expliquer ce qui s'était passé dans sa tête, mais ça l'avait fait disjoncter. Il s'était retourné – le type poursuivait son chemin tranquillement comme si de rien n'était – et il s'était jeté sur lui en le saisissant à la gorge et en le bloquant d'une clé par-derrière. Il ne relâcha son étreinte que lorsqu'il sentit le corps du garçon s'affaisser : il était en train de perdre connaissance. Libéré, le jeune s'effondra par terre en se malaxant la nuque comme pour vérifier qu'elle n'était pas brisée. Il ne chercha même pas à se relever pour fuir. Par fatigue ou comme une manière d'admettre la supériorité de celui dont il avait malheureusement croisé la route. Quand il avait fini par relever la tête vers son agresseur, le garçon, dont la beauté du visage ne lui apparaissait qu'à l'instant – un ovale pur éclairé par des iris eau de rivière et des lèvres cassis –, lui lança d'une voix à peine audible : « Pourquoi ? Pourquoi moi ? Mais qu'est-ce que je vous ai fait ? Je n'ai rien dit, je ne vous connais pas. — Si tu ne sais pas pourquoi, moi je le sais », bafouilla mécaniquement Pareno.

En réalité, il ne savait rien du tout, mais alors absolument rien. Toutes ses certitudes s'étaient évaporées au moment même où il avait croisé le regard vert du garçon. Il n'avait simplement pas trouvé mieux pour expliquer l'ouragan de violence qui s'était emparé de lui. Il s'éloigna en pestant, tapant au hasard dans les pneus des voitures garées du bout de ses rangers. Il marcha ainsi sans oser se retourner, il n'était plus si sûr d'avoir entendu une quelconque insulte. C'était ce qui le perturbait le plus. De retour à la caserne, il prit rendez-vous avec la psychologue des armées, une dame sans âge, un peu revêche, qui lui donna quelques conseils pour apprendre à canaliser sa colère. C'est à cette époque qu'il se mit à se parler à lui-même, à calmer sa respiration à l'aide de mantras intérieurs et apaisants, à monter des murs de mots dans sa tête pour lutter contre la rage.

Ce 9 avril 1982, Luigi Pareno s'en souvenait comme si c'était hier. C'était la seconde fois qu'il se retrouvait en présence de la fille même si ce fut bref, quelques secondes grand maximum. Elle avait été arrêtée la veille dans le parking. Un collègue lui avait filé le tuyau : « Toi qui suis depuis si longtemps ces tarés d'AD, viens faire un tour, on a mis la main sur une de leurs nouvelles recrues. » Son corps s'était tendu d'un coup : « La fille de Deauville ?
— Surprise, surprise », lui avait répondu l'autre. Pareno l'aurait baffé. Il avait enfilé sa veste si prestement qu'il avait fait craquer les coutures de l'épaule droite, celle qui était la plus musclée. Il ne voulait pas perdre une seconde. La circulation très dense à cette heure dans les rues de Paris l'avait dissuadé de prendre sa voiture. Il préféra y aller à pied et se lança dans une course qui lui scia les jambes. Lorsqu'il arriva à la brigade, il dégoulinait de sueur et était essoufflé comme jamais. Il se fit immédiatement charrier par un enquêteur de sa connaissance : « Alors, ému ? Il faut se calmer, l'ami. » Tout le

monde s'était marré. Luigi Pareno avait senti monter en lui cette rage intérieure qu'il connaissait si bien, celle qui l'avait conduit à massacrer à coups de poing une bonne dizaine de sourires moqueurs. Il eut soudainement envie de foutre le feu au bureau et de voir cramer tous ces crétins. Au lieu de ça, il serra ses poings, s'efforça de ralentir sa respiration et fixa un point au mur. « Déconne pas Luigi, déconne pas. » Cette technique, il l'avait mise au point quand il préparait le concours de l'école de police. Après trois ans d'opérations extérieures au sein de l'armée française, il s'était fatigué des dortoirs de bidasses. Ce n'était pas qu'il se prenait pour un génie, mais le niveau était objectivement bas. Il appréciait la dureté des entraînements, l'endormissement du cerveau à force d'exercices physiques. Il avait aimé l'adrénaline des missions, les combats, le corps à corps, l'odeur du sang, de la poussière et de la poudre. Il avait eu plus de mal avec la promiscuité, les conversations des camarades, leurs blagues douteuses, leur obsession du sexe, leur avidité à trouver des prostituées pour soulager leurs pulsions lors des permissions. Il se sentait différent, il n'avait pas grand-chose à leur dire. La plupart obéissaient sans se poser de questions. Lui aimait bien comprendre pourquoi il faisait les choses.

Un soir, lors d'une interminable mission en Afrique, il avait fait part de ses doutes à son supérieur. Ce dernier l'avait à la bonne et louait son engagement sans faille, il le citait régulièrement en exemple devant les autres au point qu'il en était parfois gêné. Il savait que les compliments se transforment souvent en poison. Il se trouve toujours quelqu'un pour s'en agacer. « Tu aimes réfléchir, tu as du flair, tu peux passer ton équivalence du bac, tu ferais un bon flic », lui avait expliqué le gradé ce soir-là. Pendant plusieurs jours, Pareno avait pesé le pour et le contre. Il en était arrivé à la conclusion que le combat l'avait aidé à canaliser sa violence, il pouvait désormais passer à autre chose. Il s'était lancé dans la préparation des examens avec la même ténacité qu'il avait mise aux entraînements de natation de sa jeunesse puis à ceux de soldat d'élite et il réussit haut la main. Très vite, son sérieux, sa discrétion et sa capacité de travail hors du commun firent de lui un agent apprécié de sa hiérarchie. Il n'eut de cesse par la suite de monter en grade.

« Déconne pas Luigi, déconne pas », l'injonction mentalement répétée commençait à faire son effet. Il sentit son pouls ralentir, sa vision reprendre de la netteté et les couleurs revenir dans son cerveau. Il prit une grande inspiration et lâcha le plus calmement possible, comme si, au fond, il n'en avait pas grand-chose à faire : « Alors, vous me racontez ? »

Les collègues avaient été plutôt décevants : la fille les avait baladés, elle avait fait la conne. Elle racontait qu'elle était venue réparer sa moto. Elle ne savait pas qu'il y avait des armes dans le box, elle avait prêté les clés à des militants turcs, ils devaient y entreposer des tracts, elle n'avait pas vérifié. N'importe quoi. Dès qu'ils la secouaient, elle se refermait comme une huître. À aucun moment elle ne s'était laissé déstabiliser. Heureusement, ils avaient de quoi l'envoyer à l'ombre. L'un des pistolets-mitrailleurs saisis dans le box de la rue du Borrégo avait été utilisé quelques jours auparavant contre la façade d'un immeuble appartenant au gouvernement israélien. L'attentat avait été revendiqué par les FARL de Beyrouth. Les enquêteurs pensaient également qu'elle avait quelque chose à voir avec le hold-up sanglant de l'agence du Crédit agricole de la rue La Boétie le 15 avril 1981, où un jeune policier de 22 ans était mort d'une balle dans la tête. Ils en auraient bien entendu davantage, ses liens avec les autres, des adresses, des dates et des noms, mais elle lâchait que dalle. Elle était descendue au box à la demande de militants turcs, elle n'était au courant de rien, elle ne se rappelait plus leurs noms, Mohand était là par hasard, elle lui avait demandé de l'accompagner avant d'aller faire des courses. Un énorme foutage de gueule. Elle s'était contentée de confirmer l'irréfutable, à savoir son identité qui figurait dans les fichiers depuis la bagarre dans le Quartier latin. La fille de Deauville avait désormais un nom. Elle s'appelait Joëlle Aubron, elle avait 23 ans, elle était née à Neuilly et n'avait pas d'antécédents judiciaires. Une petite bourge, résuma un collègue. Pareno ne fut pas surpris : il avait toujours perçu qu'elle n'était pas comme les autres. C'était peut-être ça qui l'excitait quand il pensait à elle.

Lassés de son mutisme, les collègues chargés de l'interrogatoire lui avaient mis sous le nez des photos d'elle à poil, ramassées quelques heures auparavant au domicile d'une de ses sœurs. La gamine s'était soudainement crispée. La pupille de ses yeux avait pris une teinte d'encre pendant une fraction de seconde, puis elle s'était ressaisie et avait retrouvé son air buté. Au moment où Pareno écoutait le compte rendu, Joëlle relisait sa déposition. Quand il redescendit l'escalier, il la croisa qui montait, encadrée par deux policiers, cheveux emmêlés, yeux cernés, menottée. Le pan de sa veste avait frôlé le cuir de son blouson, leurs regards s'étaient accrochés, c'était du moins l'impression qu'il en avait gardée. Il avait senti un coup en pleine poitrine et descendu les dernières marches dans un état second. Son cœur pulsait à une cadence qui l'effraya. Il savait qu'il surréagissait et mit ça sur le compte de la surprise. La nuit suivante, il la passa sur son balcon, assis par terre sur le béton, dans le froid de la nuit, à regarder les rares fenêtres encore allumées de l'immeuble d'en face. Au petit matin, il se glissa dans son lit en attendant que le réveil sonne. Il se dit que des nuits comme ça, seul dehors à se triturer le cerveau, il en aurait probablement encore beaucoup d'autres. Il faudrait songer à investir dans un fauteuil d'extérieur.

Les enfoirés. Un jour, elle se vengerait de ce journal pourri, ce torchon capitaliste. Elle poserait une bombe dans leur réfectoire ou leur parking, planterait une bastos en pleine tête du responsable de cette merde. Quand elle avait découvert les photos d'elle dans *Paris-Match*, elle avait eu envie de hurler. Les flics avaient revendu les clichés, la France entière allait la voir à poil. Elle pensait à ses parents, des gens bien qui la soutenaient dans le silence et l'absence, un couple discret qui n'aimait pas faire parler d'eux. Elle détestait l'idée de leur infliger ça.

Qu'est-ce que tu croyais, ma pauvre fille ? Qu'ils allaient te faciliter les choses, ces crevures ? Tu pensais vraiment qu'ils allaient se laisser attaquer sans rien dire ? Qu'ils resteraient les bras croisés à te regarder leur tirer dessus, préparer des enlèvements et poser des bombes ? Tu t'imaginais prête à tout, la prison et même la mort, mais ça tu n'y avais jamais pensé. Tu n'aurais pas cru qu'ils iraient fouiller dans ta vie et dans celle de tes proches, qu'ils oseraient te traquer dans ton intimité. Tu t'es lancée dans une guerre et tu découvres maintenant que toutes les armes sont bonnes à utiliser. Il était temps que tu piges.

Les photos avaient été prises un de ces jours d'été où les familles désertaient la ville pour gagner des plages ou des rochers où ils feraient semblant de s'amuser. Jean, un copain du lycée, avait demandé à Joëlle de poser pour lui. Une autre de leurs amies, Solange, avait déjà dit oui. Le garçon n'était pas très bavard, mais plutôt sympa. Ils s'échangeaient des bouquins de temps en temps et partageaient des cafés et des clopes à l'université de Vincennes où ils traînaient tous les deux. Il avait travaillé tout le mois de juillet pour s'offrir un nouvel appareil et souhaitait l'essayer. Joëlle avait accepté pour lui rendre service et aussi parce que ça l'amusait. Elle avait pensé que s'il lui avait proposé à elle, c'est qu'il devait la trouver jolie et ça lui faisait plaisir. Il lui avait montré des photos qu'il avait prises et tirées lui-même dans sa salle de bains en calfeutrant la fenêtre et en remplaçant le plafonnier par une ampoule rouge. Il s'agissait de portraits de membres de sa famille et d'inconnus abordés dans la rue. Il avait du style, à défaut d'un véritable talent. En même temps, son avis importait peu, elle n'y connaissait rien en photo. Ils s'étaient donné rendez-vous dans l'appartement de Solange dont les parents étaient partis planter leur tente dans un camping près de Perpignan. Au bout d'un certain temps,

Jean leur avait demandé si ça les dérangerait de se déshabiller. Il n'avait jamais fait de nu en noir et blanc avec cet appareil. Joëlle avait d'abord rechigné, elle était pudique. Solange s'était gentiment foutue d'elle et Jean avait promis de ne jamais montrer ni commercialiser les photos. Elle avait cédé et après avoir tiré sur un pétard, elle avait enlevé son jean et son pull en coton. Joëlle et Solange avaient pris la pose debout, enlacées, l'une derrière l'autre. Au début, la sensation du corps tiède, presque humide, de Solange contre le sien lui avait paru étrange, puis elle s'y était habituée. Jean leur indiquait des gestes et des postures à adopter et cette succession d'ordres lui évitait de trop réfléchir. Le pubis de son amie était plaqué contre ses fesses, c'était la première fois qu'elle sentait la peau d'une autre femme contre la sienne. Elle ne trouva pas ça désagréable. Elle se dit qu'un jour, elle ferait l'amour avec une fille.

Plusieurs semaines après, en observant les tirages, Joëlle avait dû admettre que Jean avait bien bossé. Les clichés étaient réussis. Elle avait un air un peu salope avec son regard qui pointait vers le bas et sa bouche entrouverte lui donnait une lascivité qu'elle ignorait avoir. Elle jugea ses seins particulièrement beaux.

Les flics avaient dû se régaler en découvrant les photos qu'elle avait pourtant pris soin de planquer chez sa sœur de crainte que ses parents ne tombent dessus. Désormais, la France entière allait pouvoir se rincer l'œil. *Paris-Match* avait acheté à prix d'or les négatifs saisis par la police. Joëlle demanda à son avocat de lancer immédiatement une procédure de saisie. « Joëlle la terroriste », titrait le magazine avec cette phrase prétentieuse et obscure : « Une petite-bourgeoise à échappement libre milite à Action directe. » Les cons. Tous les poncifs s'y trouvaient, ils ne s'étaient pas foulés. C'était de la faute à Mai 68 évidemment, à l'indulgence de la loi, au « confusionnisme des idéologies » : « Quand la société se montre complaisante avec le terrorisme, elle y pousse ses enfants. » Pour répondre à la question « comment une fille de château devient une passionaria », Jean Cau avait lâché son talent d'écrivain. Sous sa plume, Joëlle s'était muée en prototype de « la transfuge au-dessus de tout soupçon » qui « manipulait des armes et du plastic au lieu de jouer avec des boucles d'oreilles et d'innocentes boîtes de fard ». Pour le reste, l'auteur alignait les infos bidons, rajoutait des pièces à la propriété de famille, le château Saint-Jean de Villennes-sur-Seine (26, rien que ça !), inventait des parties de tennis et des jeux de ballon entre les trois sœurs, une double vie, la semaine dans des squats crasseux, le week-end dans les demeures de papa-maman ou dans des hôtels de luxe à l'occasion de mariages grand genre. Il en avait de l'imagination, le mec. Après avoir utilisé tous les adjectifs possible, il finissait par l'appeler « la Jeanne d'Arc des ténèbres de la terreur ». Tremblez, braves gens…

Régis avait été là. Il ne s'était pas débiné comme la plupart des mecs lorsque leur nana se retrouvait derrière les barreaux. Il n'avait pas flanché. Il lui avait écrit, il l'avait soutenue et réconfortée. Il lui avait conseillé de mettre à profit son séjour en taule pour passer son bac. Ça l'occuperait et ça l'aiderait à assimiler les théories révolutionnaires. Les trotskistes et les maoïstes reprochaient aux autonomes leur inculture. À les entendre, ils ne comprenaient rien au marxisme, une critique qui rendait les copains furax. Quand ils n'étaient pas sur des actions, Nat et Jean-Marc passaient des journées entières à lire les écrits des pères de la révolution, à les analyser et à les commenter. Aucun d'eux n'était resté longtemps à l'école, ils n'avaient pas fait de grandes études comme la plupart de leurs détracteurs, ces privilégiés qui avaient passé leurs jeunes années sur les bancs confortables des temples du savoir, à l'École normale supérieure, en lettres ou en socio, mais cela ne les rendait pas moins intelligents pour autant. Régis avait convaincu Joëlle que la prison était l'endroit idéal pour se former aux frais des bourgeois, utiliser leurs armes pour mieux les vaincre. L'éducation est un redoutable moyen pour éclairer les masses et les arrimer au combat de l'avant-garde prolétarienne, répétait-il sans cesse. Il avait raison. Elle s'était inscrite à la bibliothèque peu après son incarcération, ainsi qu'aux cours par correspondance. Quand elle avait arrêté ses études, Joëlle avait d'abord été certaine de faire le bon choix. Elle avait détesté le lycée, et elle estimait que ce ne serait pas à l'université qu'elle apprendrait quoi que ce soit, même à Vincennes. L'éducation prodiguée par l'État était à la solde de la culture dominante, elle avait pour seul et unique but de former une élite au service du pouvoir pour asservir le peuple. Par la suite, elle avait regretté d'en savoir si peu. Trop de choses lui échappaient, des noms, des références, des dates que tout le monde semblait connaître et qui ne lui disaient rien. La première fois que Jean-Marc lui avait raconté le vol spectaculaire du tableau, Joëlle n'avait jamais entendu parler de Jérôme Bosch. Le nom sonnait pour elle comme la marque d'électroménager allemande. Elle s'était sentie complètement à côté de la plaque. Souvent, elle ne captait pas grand-chose aux discussions du groupe. Elle fixait ses interlocuteurs avec avidité et ponctuait leurs propos de légers mouvements de tête en guise d'approbation. Elle vivait dans la trouille d'être interrogée, la hantise de devoir admettre son ignorance. La taule lui avait permis de régler une part du problème. Son bac une fois obtenu, elle avait entamé des études de philo. Elle avait aimé se plonger dans les livres pendant que ses codétenues restaient avachies à feuilleter des romans-photos ou à se faire les ongles. Elle se sentait forte, plus solide, elle pressentait pouvoir gagner ses galons au sein de l'organisation. Quand elle s'était retrouvée dehors moins de deux ans plus tard, Jean-Marc l'avait taquinée en l'appelant « l'intello ». Ça l'agaçait un peu, elle ne parvenait pas à mesurer le degré d'ironie qu'il y mettait, s'il se foutait d'elle ou pas. Elle avait tout de même remarqué qu'il lui demandait davantage son avis. Ses lacunes ne lui faisaient plus honte, elle affirmait son point de vue sans appréhension et occupait imperceptiblement une nouvelle place dans le duo constitué par Jean-Marc et Nat. Parfois même, elle s'autorisait à les contredire.

Quand tu es sortie, personne n'a vraiment cherché à savoir ce qui s'était passé là-bas. Tu n'as rien dit non plus. Raconter la taule, les hurlements, le désespoir, la saleté, les rats et la folie, tu aurais eu honte. Quand on prétend faire la révolution, quand tant d'autres meurent en martyrs au Liban ou dans des camps de réfugiés, on ne pleurniche pas. Pourtant, tu as bien dérouillé. Il t'en a fallu du temps pour que ça devienne supportable, le bruit et l'ennui, la bêtise et la brutalité, sans même quelque chose pour te soulager, un joint ou une ligne. Tu as pensé plusieurs fois crever de solitude et d'angoisse, tu appelais ta mère dans la nuit comme une gosse qui ne parvient pas à se réveiller d'un cauchemar, tu as chialé des jours entiers sous ta couverture rêche, tu as mendié des cachetons à l'infirmerie pour arriver à dormir quelques heures et ne pas te pendre aux barreaux de ta cellule. Puis tu t'es progressivement habituée, tu as supporté toute cette merde en restant droite. Sans Régis et tes parents, pas sûre que tu y serais parvenue. Les lettres, les colis et les parloirs t'ont maintenue à flot. Ils t'ont vue dans les pires conditions : humiliée et désespérée, le cheveu dégueulasse et la peau grasse de mauvaise bouffe, les yeux bouffis par les larmes et la bouche pâteuse à cause des médocs. Eux seuls savent ce que tu as vécu, mais ils n'en parlent jamais. À toi de te montrer digne de leur soutien et de leur pudeur. Ton silence est la moindre des politesses.

Après leur premier dîner à la pizzeria, Luigi Pareno avait insisté pour régler l'addition. Il avait raccompagné Chantal chez elle avant de rebrousser chemin pour rentrer chez lui à quelques dizaines de mètres de là – ils étaient quasiment voisins. Elle ne lui avait pas proposé de monter boire un dernier verre. Elle y avait peut-être songé, mais elle n'avait pas dû oser, n'étant pas certaine de ses intentions à lui. En enlevant ses chaussures dans l'entrée comme il le faisait toujours – il tenait à garder son linoléum propre –, Pareno avait pensé que ce n'était finalement pas si compliqué de séduire. Il suffisait de dire ce que l'autre avait envie d'entendre puis de faire le contraire. Enfin, dans un premier temps. Il savait bien qu'ensuite, les choses se corsaient. Ce savoir lui venait de ses années d'observation des autres. En vingt ans de métier, il en avait tant vu que les comportements humains n'avaient plus beaucoup de secrets pour lui. Pendant les interrogatoires, quand un suspect ne voulait pas lâcher le morceau, il ne s'acharnait jamais. Il le faisait parler d'autre chose. Il lui posait des questions sur ses loisirs, ce qu'il aimait regarder à la télé, lui demandait s'il partait en vacances ou pratiquait un sport. Il en tirait toujours quelque chose. Le type se détendait, le cheminement de sa pensée lui faisait oublier pourquoi il était là. Plus il se racontait, plus il se sentait en confiance, c'était mécanique. Parfois, l'un d'eux commettait une bourde, comme ce jeune type aux ongles rongés jusqu'aux os soupçonné d'avoir commis un braquage à main armée. Des heures qu'il jurait n'avoir jamais touché un flingue de sa vie et il s'était retrouvé, la nuit tombée, à se vanter d'être le roi du stand de tir où il se rendait avec son gamin tous les week-ends. Il ne s'était même pas rendu compte de sa boulette. Quand l'interrogatoire avait repris son cours, il avait bien été obligé de modifier sa version initiale.

Ça ne se passait pas toujours comme ça, Pareno devait le reconnaître. Les types qui se retrouvaient en garde à vue étaient souvent très cons, mais pas à ce point. Mais même quand il n'obtenait rien de concret, il y trouvait son compte. Écouter les histoires des autres le distrayait. Il lui arrivait si peu de choses dans sa vie personnelle que sa propre compagnie l'ennuyait. Et puis, il avait constaté assez vite que cette connaissance des gens, de leur façon de penser et de fonctionner, lui était précieuse en quantité d'occasions. Il croyait ainsi savoir que pour s'attacher l'attention d'une femme, il fallait la laisser poireauter. Il décida donc de ne pas se rendre au Balto le lendemain matin. Chantal se poserait nécessairement des questions. Elle s'inquiéterait sans doute puisque la veille au soir, au pied de son immeuble, ils avaient convenu de se retrouver comme tous les jours au comptoir. Deux jours plus tard, quand il poussa la porte du bar, elle était là, guettant l'extérieur avec un regard fébrile qu'il lui voyait pour la première fois. Il fit comme si de rien n'était, lui colla une bise sur la joue et lui demanda comment s'était passée la journée de la veille. Elle adopta la même stratégie, parla de ses élèves, de ses collègues, d'un ton qu'il nota moins enjoué que d'habitude. Elle craqua assez vite et voulut savoir pourquoi il n'était pas venu la veille. Il évoqua un rendez-vous chez le dentiste. Il ne le lui avait pas dit ? Il était désolé, il était convaincu de l'avoir fait. Elle avait lâché un « pas grave » qui voulait dire tout le contraire et lui proposa dans la minute qui suivit d'échanger leurs numéros de téléphone, ce serait plus simple. Il était reparti avec son numéro, le cœur joyeux, comme si elle lui avait donné la clé de son appartement ou son secret le plus intime.

À partir de ce jour-là, ils se laissèrent des messages sur leurs répondeurs respectifs pendant la journée sans objectif autre que de donner ou prendre des nouvelles. Ceux de Luigi Pareno étaient brefs, souvent il bafouillait et ça le mettait en rogne. Les messages de Chantal étaient simplement parfaits. Il les écoutait plusieurs fois de suite et ne les effaçait qu'à contrecœur, quand la bande était pleine. Il aimait le timbre un peu grave de sa voix, le rythme de ses phrases, sa façon nette et précise de raconter une anecdote ou d'énoncer une idée. Plus tard, il s'était dit qu'il aurait sûrement mieux valu en rester là, à partager le café du matin et à se parler par répondeurs interposés. Ça aurait peut-être évité les problèmes.

Jamais il ne se sentit aussi heureux qu'à cette époque. Il pressait le pas pour rentrer chez lui et à peine avait-il mis la clé dans la serrure qu'il poussait la porte pour voir si le voyant de son répondeur clignotait. Il clignotait toujours. Quand plusieurs messages de Chantal l'attendaient, c'était jour de fête.

Ce fut lui qui choisit le lieu de leur deuxième dîner et elle le laissa faire. Il l'emmena chez un Auvergnat de sa connaissance, une cantine pour voyous et poulets. Il ne savait pas se raconter, mais il voulait qu'elle comprenne ce qu'était son monde. Elle pigea tout de suite et il trouva cette faculté à s'adapter extrêmement réconfortante. C'était le genre de fille à laquelle il n'y avait pas besoin de faire un dessin. Chantal fit bonne impression dans cet établissement où il avait ses habitudes et ça comptait pour lui. Elle répondait en souriant à ceux qui venaient les saluer. Dans le regard de ses interlocuteurs, il lisait qu'il avait une sacrée chance. Pour une fois qu'il présentait une fille, jolie et avenante en plus. Quand elle expliquait qu'elle enseignait, il voyait bien que ça en imposait. Il était fier.

Dans son univers, au milieu de ces visages connus, il se sentait plus à l'aise. Il parla davantage que la première fois, dessinant à grande vitesse son parcours, insistant sur les éléments possiblement attendrissants : Francesca la mère dévouée, l'abandon par le père, l'enfance au soleil, les souvenirs d'Italie, le concours de la police. Il passa sous silence les échecs, les accès de violence, les colères tapies dans l'ombre, la frustration qui le faisait souvent boire plus que de raison. Pas dans le but de lui cacher quelque chose, non. Pour ne pas l'inquiéter. Et puis, tout cela n'était-il pas derrière lui ? Comme à chaque fois qu'il évoquait son métier, il constata un regain d'intérêt, une brillance dans les yeux. Elle réagissait comme les autres. Il savait ce qui se passait dans sa tête. Elle devait l'imaginer espion, détenteur de secrets explosifs, personnage mystérieux qui n'hésitait pas à mettre sa vie en danger. Ce soir-là, il l'embrassa sur les lèvres avant de faire demi-tour. Un baiser effleuré, très doux, un de ceux qui donnent envie d'en recevoir davantage.

Ils avaient bien fini par faire l'amour, mais curieusement, il ne gardait pas un souvenir impérissable de leur première nuit. Il s'était tellement appliqué à ne pas la brusquer qu'il n'avait presque rien ressenti, ni plaisir ni inconfort, il s'était mis entre parenthèses. Elle était restée chez lui. Il n'avait pas fermé l'œil pendant qu'elle dormait bizarrement roulée en boule. Elle avait l'air d'un chat paisible. Son abandon lui faisait un drôle d'effet. Il remarqua qu'elle prenait tout de même pas mal de place dans le lit et qu'elle bougeait beaucoup. Il faudrait peut-être qu'il songe à acquérir un sommier plus grand. Le lendemain fut davantage à son goût. Dans son appartement, Chantal avait trouvé immédiatement ses marques, sans non plus se montrer envahissante. Elle confirmait qu'elle était une femme d'équilibre qui savait où était sa place. Il avait préparé le café, elle s'était ensuite levée pour laver les tasses dans l'évier, ranger le beurre et la confiture au réfrigérateur et passer un coup d'éponge sur la table. Elle lui avait demandé la permission de prendre une douche, il lui avait apporté une serviette, la moins rêche qu'il avait pu trouver – ça aussi, il faudrait en racheter –, les siennes dataient. Il avait constaté avec plaisir qu'elle avait laissé la douche propre et que la salle de bains semblait à peine avoir été utilisée après son passage. Elle avait marqué des points. Il lui proposa de revenir le soir même. Elle sourit et glissa ses bras autour de son cou pour lui déposer plusieurs baisers joueurs sur le visage. Il se sentit rougir. Quand il referma la porte derrière elle, il se mit à chantonner. Décidément, la présence d'une femme dans sa vie lui faisait du bien.

Depuis qu'elle avait rejoint le groupe, Joëlle avait le sentiment de vivre enfin quelque chose d'exaltant. Les tâches politiques l'occupaient de plus en plus entre les lectures, la documentation, les repérages, la préparation des opérations, les écoutes et les réunions. Jean-Marc semblait lui faire davantage confiance. Peut-être depuis qu'ils s'étaient rapprochés, à la fin d'une soirée particulièrement arrosée dans un appart pourri de la ceinture rouge. Joëlle ne se souvenait plus très bien de ce qui s'était passé cette nuit-là. Elle s'était défoncée à l'héro avant qu'il arrive et avait enquillé pas mal de bières. Quand elle s'était réveillée à poil en plein milieu de la nuit pour aller aux toilettes, elle avait dû se dégager du corps de Jean-Marc qui écrasait le sien devenu étique. Elle avait la bouche pâteuse et la nausée.

Mais c'est pas vrai… qu'est-ce que tu as foutu, ma pauvre fille. Dans quelle galère tu t'es encore fourrée. Tu t'intègres de mieux en mieux depuis la taule, ils ont confiance en toi, ce n'est pas le moment de tout foutre en l'air, putain. Et si Nat apprenait que tu fricotes ? Je n'ose même pas y penser. Elle ne déconne pas avec ces trucs-là. Elle ne trouvera pas ça drôle du tout. Il va vraiment falloir songer à arrêter la picole et les traits. Ça te fout en l'air, te colle des migraines épouvantables et ça va te jouer des tours, un jour. De vraies emmerdes, tu verras. Ça ne sera pas la peine de pleurer ensuite.

Jean-Marc n'avait pas l'air frais non plus. Le lendemain, il avait fait comme si de rien n'était et c'était pas plus mal comme ça. Joëlle n'aurait pas trop su quoi lui dire de toute façon. Ils n'en avaient plus reparlé et il avait continué à lui confier de plus en plus de responsabilités. Ce qui était vraiment excitant dans cette vie, c'était l'absence de routine. Jean-Marc répétait toujours : « Mon quotidien c'est de ne pas avoir de quotidien. » Leur discipline à eux était choisie et non subie, au service d'une cause et non d'un patron. Elle n'était imposée par personne, n'était le fruit d'aucune oppression. Le capital avait asservi les masses avec le « métro-boulot-dodo », remplacé ensuite par un autre triptyque, le déprimant « précarité, galère, misère » des années 80. Elle ne voulait pas de cette vie de sujétion et d'abandons. Elle avait vu ses amies de jeunesse s'étioler dans des trajectoires décidées d'avance, perdre à 20 ans leurs rêves, leurs illusions et la fraîcheur de leur teint.

Peu après sa sortie de prison, elle était tombée sur Sylvie avenue de l'Opéra. Elle ne l'avait pas reconnue tout de suite. Elle traçait d'un bon pas comme toujours lorsqu'elle était à Paris, sans faire attention aux passants, sans croiser leur regard pour ne pas attirer l'attention. Elle avait fait le déplacement à la demande de Nat, juste un aller-retour en voiture dans la journée, une incursion sans grands risques dans la capitale, le temps de récupérer du matériel de propagande dans une librairie anarchiste et de l'entreposer dans une consigne de la gare Saint-Lazare. Il faisait doux ce jour-là, elle portait des lunettes de soleil quand Sylvie l'avait interpellée. Elle avait marqué un temps d'arrêt, une à deux secondes pour rassembler des bribes éparses de souvenirs tapies dans un passé qui lui semblait lointain, et ce moment de latence avait été interrompu par la voix enjouée de la jeune femme qui s'était postée devant elle : « C'est Sylvie ! Toujours autant dans la lune, toi, on dirait ! » Le puzzle s'était reconstitué immédiatement. Sylvie, la copine de l'école primaire et du collège, l'inséparable de Béatrice, la brune et la rousse, on les appelait les « trois couleurs » quand on les voyait toutes ensemble. Elles s'étaient perdues de vue au lycée, Joëlle avait préféré un groupe de filles plus rebelles aux gentilles Sylvie et Béatrice. Des filles qui portaient des camarguaises et des jeans quand ses copines d'enfance revêtaient encore les robes à smocks imposées par leurs mères, des filles qui buvaient des bières à même la bouteille, assises sur les marches des cages d'escalier, des filles qui écoutaient de la musique à tue-tête, qui roulaient des cigarettes de hasch et teignaient leurs cheveux au henné, des filles qui proclamaient leur mépris des études et dont l'unique obsession était de quitter au plus vite l'appartement familial, des filles qui, comme elle, n'auraient pas leur bac et disparaîtraient bientôt des radars parentaux. Joëlle le savait, elle n'avait pas été très chouette avec Sylvie et Béatrice. Du jour au lendemain, elle ne leur avait plus adressé la parole, n'avait pas répondu à leurs coups de téléphone. Des années de complicité balayées en un clin d'œil, sans aucune explication. Les samedis après-midi à jouer au parc sous le regard des mères, les compètes de corde à sauter ou d'élastique, les confidences du soir sur les amoureux du moment lorsqu'elles dormaient les unes chez les autres, tête-bêche dans leurs lits une place, les premiers bonbons volés chez le confiseur, le cœur qui battait et les fous rires qui s'ensuivaient une fois le danger écarté, dans la rue où elles cherchaient un coin tranquille pour se partager leur butin. Ses amies s'étaient senties blessées par sa défection, Joëlle l'avait su par sa mère, qui avait croisé celle de Sylvie au Suma. Elle n'avait pas voulu en écouter davantage, elle avait quitté l'appartement en claquant la porte. C'était dégueulasse de la faire culpabiliser, personne n'avait à lui dire avec qui elle devait se lier, elle était assez grande pour choisir. Le caftage de Sylvie avait eu pour bénéfice de transformer le léger sentiment de honte qu'elle éprouvait en colère. Ce fut encore plus facile de tourner la page. Elle avait bien été tentée de renouer, deux ou trois ans plus tard, quand elle avait appris par les conversations du quartier que Béatrice avait subi un avortement qui s'était mal passé. Une hémorragie l'avait conduite pendant de longues semaines à l'hôpital où les médecins lui avaient clairement signifié qu'elle ne pourrait jamais avoir d'enfant. Les adultes en parlaient comme d'une tache, leurs enfants voyaient la tragédie. Quand l'événement lui avait été rapporté, Joëlle avait pensé appeler son ancienne camarade, mais elle avait perdu son répertoire avec ses vieux numéros et elle avait renoncé.

Bien droite devant elle, Sylvie semblait ne pas lui tenir rigueur de sa disparition. Elle souriait si vivement que la peau de ses pommettes était comme tendue par des fils invisibles. « Je suis tellement heureuse de te revoir ! » Elle l'avait répété plusieurs fois en collant deux baisers sonores sur les joues de Joëlle. Qu'est-ce qu'elle devenait après tout ce temps ? Elle ne savait rien, à l'évidence, ni les squats, ni les braquos et la guérilla, ni le procès et l'incarcération. Sur quelle planète vivait-elle ? Sylvie avait enchaîné sans lui laisser le temps de répondre. Elle lui annonça qu'elle s'était mariée deux ans auparavant avec un jeune cadre dans une entreprise de machines-outils, il était gentil. Ils voulaient un enfant, puis un deuxième, « avec pas trop d'écart d'âge », avait-elle précisé en gloussant. Un garçon et une fille si possible. Elle travaillait juste un peu plus haut sur l'avenue, dans un cabinet d'avocats dont elle était la secrétaire. Ses patrons étaient gentils, même s'ils ne lui faisaient pas toujours la vie facile : ils ne respectaient pas les horaires légaux et lui téléphonaient souvent le week-end ou le soir pour lui demander des précisions sur un dossier ou un rendez-vous, « mais par les temps qui courent que veux-tu, c'est déjà pas mal d'avoir un boulot ». Et puis elle aimait bien le quartier, elle n'avait pas trop de transports, elle s'estimait heureuse.

Dès qu'elle termine, tu la plantes et tu te casses. Tu ne vas quand même pas te faire repérer par les flics à cause d'une dinde qui te raconte fièrement sa vie pourrie. Ne la relance pas, surtout, elle va se lasser.

Sylvie proposa à Joëlle de boire un café, mais une autre fois. Là, elle n'avait pas le temps, sa pause touchait à sa fin. Oulala, elle l'avait même dépassée de trois minutes, du coup il fallait vraiment qu'elle y aille. Elle sortit un stylo de son sac et griffonna son numéro sur un ticket de métro usagé. Après lui avoir fait promettre de l'appeler, elle s'enfuit sur le trottoir puis se retourna d'un coup alors que Joëlle la regardait s'éloigner : « Tu as l'air en forme toi aussi ! » Joëlle n'avait d'abord pas compris ce qui lui avait fait dire ça car elle se sentait plutôt fatiguée depuis quelque temps. Puis elle avait réalisé que son ancienne amie faisait allusion à sa mise. Elle portait un imperméable et une jupe en coton bleu marine avec des mocassins, l'accoutrement parfait de la petite-bourgeoise, une consigne de Jean-Marc pour passer inaperçue dans la foule. Ça l'avait fait sourire. Comme quoi, cela tenait à peu de chose, un pardessus classique et vous voilà rangée dans la catégorie des filles sages. En continuant son chemin, Joëlle repensa à ce que lui avait raconté Sylvie, le mari, l'enfant à venir, la vie de bureau. Elle en eut un haut-le-cœur. Même si la lutte armée et la clandestinité étaient parfois pesantes, elle avait un but, un idéal, un rôle à jouer dans l'Histoire et elle se sentait grandie par cette perspective. La semaine précédente, elle était partie récupérer des explosifs dans une ferme du sud de la France, demain elle allait s'entraîner au tir. Une rencontre était prévue avec les camarades allemands, une virée chez les Belges était envisagée. « Mon quotidien, c'est de ne pas avoir de quotidien » : elle se répéta cette phrase et elle se sentit si gaie tout à coup qu'elle se surprit à chantonner en accélérant sa cadence. En passant près d'une poubelle, elle jeta le numéro de téléphone que Sylvie lui avait fourré dans la poche.

Le séjour à Bruxelles lui avait fait un bien fou, même s'ils avaient eu chaud et avaient dû se tirer dare-dare à l'arrivée des condés. Jean-Marc leur avait vendu l'idée d'un rapprochement avec les copains du CCC belge. Les types n'avaient pas l'air très au point, mais bon, il ne fallait pas faire la fine bouche. Depuis qu'ils s'étaient fait avoir avec Chahine et ses prétendus contacts avec Carlos, ils étaient bien obligés d'admettre leur isolement. Pourtant, sur le papier, tous les indicateurs étaient au vert pour un basculement révolutionnaire. Avec le tournant de la rigueur en 1983, une partie de la gauche déchantait. Mitterrand avait révélé son vrai visage, il n'en avait rien à foutre du peuple, se réjouissait Jean-Marc. Augmentation du prix du tabac, de l'alcool, de l'essence, baisse de la durée des indemnités chômage, ça tapait dans tous les sens. La cohorte des mécontents enflait en même temps que le taux de chômage. La barre des deux millions de sans-emploi serait bientôt franchie. C'était le moment idéal pour enrôler les déçus. Et puis, il y avait aussi cette deuxième génération d'immigrés qui ne parvenait pas à trouver sa place en France, ces laissés-pour-compte, parqués dans des cités ghettos, exclus du marché du travail, victimes du racisme quotidien. Personne n'avait vu venir leur colère, ni anticipé à quel point ils étaient capables de mobilisation. Ils étaient partis des banlieues de Lyon et avaient marché sur Paris, 60 000 filles et garçons qui s'autoproclamaient « Beurs ». La société se craquelait mais ils n'en profitaient pas.

À côté du terrorisme moyen-oriental, AD faisait figure de nain. Les pro-palestiniens exportaient leurs actions partout où ils pouvaient, et la France semblait être devenue un de leurs terrains de jeu privilégiés. Tuer des civils ne leur faisait pas peur, alors que le groupe y répugnait encore. Le 29 mars 1982, une bombe éventrait le Capitole, le train reliant Paris et Toulouse. Bilan : 5 morts et 25 blessés. Un mois plus tard à Paris, avec l'attentat à la voiture piégée de la rue Marbeuf, le groupe Carlos rajoutait une nouvelle victime à son palmarès. Le 9 août, la France entière était sous le choc de l'attentat de la rue des Rosiers contre le restaurant juif Jo Goldenberg. Une grenade lancée à l'intérieur et des tirs de mitraillette avaient provoqué la mort de 6 personnes et blessé 22 autres. Cette fois, c'était l'œuvre du Fatah-Conseil révolutionnaire (FCR) d'Abou Nidal, regroupant des dissidents de Yasser Arafat, mais certains avaient laissé entendre qu'Action directe leur avait filé un coup de main, sous prétexte que des camarades se trouvaient dans les parages à ce moment-là. Il avait fallu démentir. Ces accusations provenant de groupes rivaux étaient destinées à leur nuire, Joëlle n'était pas dupe. S'étaient ensuivies des réunions interminables pour savoir quoi penser des attentats contre les Juifs et elle s'y emmerdait ferme. Le suicide à 35 ans de Patrick Dewaere, un mois plus tôt, occupait toutes ses pensées. Elle avait du mal à comprendre pourquoi sa mort l'avait secouée au point d'en chialer : elle n'était pas spécialement fan du comédien, mais le mec la bouleversait. Il ressemblait à un chien sans collier avec ses grands yeux veloutés, cet air ailleurs des camés qu'elle reconnaissait entre mille. Elle se sentait appartenir à la même famille, celle des enragés et des désespérés.

En septembre, les massacres des camps de Sabra et Chatila perpétrés par des milices chrétiennes à Beyrouth sous l'œil complaisant des autorités israéliennes déclenchèrent une salve de représailles sanglantes. L'année 1983 s'achevait sur un nouvel exploit de Carlos et sa bande. Cette fois, c'était au TGV Paris-Marseille qu'ils s'étaient attaqués, tuant cinq civils. Action directe n'était plus maître sur son territoire, les combattants palestiniens démontraient chaque jour leur puissance et saturaient les médias de sang et de cris. Pendant ce temps, AD braquait des banques et posait des bombes, de nuit, dans des bureaux vides. La police ne se déplaçait même plus.

La virée belge avait pour but de mettre sur pied les bases d'une puissante organisation européenne, seule à même de faire vaciller l'impérialisme, selon Jean-Marc.

Il fallait d'abord s'assurer que les camarades bruxellois partagent les mêmes thèses, Jean-Marc et Nat y tenaient beaucoup. Joëlle redoutait que le périple ne se transforme en palabres sans fin et elle n'avait vraiment pas envie de ça. En fait, tout s'était parfaitement déroulé. Si bien qu'ils étaient restés là-bas par intermittence pendant presque deux ans. Bien sûr, ça restait du boulot : AD leur fournissait des explosifs, du fric, les Belges leur prêtaient des piaules à Uccle ou Anderlecht. Ils leur avaient permis de disparaître des radars de la police française. Ensemble, ils avaient passé pas mal de temps à picoler et à rigoler. Là-bas, ils commençaient à se sentir comme chez eux. Un jour, les copains belges les avaient conduits à une fête foraine, ils avaient mangé des gaufres à la chantilly, des frites mayo et bu des sodas de marques inconnues. Ils s'étaient amusés à se prendre en photo au stand de tir. Joëlle avait fait un carton qui lui avait permis de gagner un singe en peluche rose assez moche. Les Belges n'étaient pas des champions, il ne faudrait pas compter sur eux pour renverser les puissances capitalistes, mais au moins, ils savaient se marrer.

Elle n'était pas certaine d'avoir bien respecté les proportions. Un kilo de sucre, un kilo de fruits, lui avait expliqué Nat. « Sauf si les fruits sont très mûrs, alors là il faut baisser la quantité de sucre. » Mais Joëlle n'avait pas pensé à goûter les fruits. Il avait déjà fallu les cueillir et ça s'était révélé plus compliqué que prévu. Elle avait grimpé dans un premier prunier pour en secouer les branches, elles étaient épaisses, bougeaient à peine et elle avait manqué de tomber en glissant du tronc. À terre, c'était un gros bordel : les prunes saines s'étaient mêlées à celles qui pourrissaient, il avait fallu faire un tri à même l'herbe, la pulpe des fruits putréfiés lui collait aux doigts. Elle n'avait pas pensé à prendre un torchon et elle dut s'essuyer sur son jeans, le délavé, celui que Régis aimait bien et qui lui faisait un beau cul, ce qui la contraria. Les deux casseroles en inox qu'elle avait emportées dans le verger s'étaient remplies à une vitesse vertigineuse, elle dut faire plusieurs allers-retours vers la maison pour les vider. Elle opta finalement pour le grand bac en plastique rouge dont elle se servait pour laver son linge. Une fois plein de fruits, il était beaucoup trop lourd et elle dut le tirer à même le sol. Cette histoire de confiote commença à la gonfler sévère. Elle renversa le contenu de la bassine par terre dans la cuisine et les prunes roulèrent aux quatre coins de la pièce, sous les meubles paysans et derrière le réfrigérateur. Soudainement découragée, elle décida de se décapsuler une petite mousse qu'elle but d'une traite, assise sur le banc extérieur, en contemplant les champs roussis par l'été. Qu'est-ce qu'elle foutait dans un trou pareil à faire des confitures ? Elle avait 25 ans et elle avait l'impression de vivre comme une petite vieille. Depuis le coup de filet et l'arrestation des camarades belges, Jean-Marc, par souci de prudence, lui avait demandé de quitter Vitry-aux-Loges. Il fallait « alléger » le camp de base pour échapper à la vigilance des gendarmes. Il avait été décidé de « limiter le nombre d'invités » à la ferme. Seuls les camarades de la RAF restaient les bienvenus. Elle avait dû louer cette autre maison à vingt kilomètres de là. Il était possible de se déplacer entre les deux sites en toute discrétion, par des chemins forestiers en terre battue. Vingt bornes ce n'était pas grand-chose, mais des jours comme celui-là, ça lui semblait le bout du monde. Elle imaginait Nat se baigner dans l'étang, nourrir ses bêtes, cuisiner pour les copains allemands que Jean-Marc emmenait parfois pêcher. Au moins, à plusieurs, ils pouvaient jouer aux boules ou taper dans un ballon. Pendant qu'ils s'amusaient, elle devait s'occuper toute seule.

Ne fais pas ta jalouse. Qu'est-ce que tu peux être chiante, parfois. Et après tu t'étonnes de ne pas être prise au sérieux. Si tu fais la gueule et que tu te sens exclue à la moindre décision ils vont finir par en avoir marre, je te le dis, moi.

Quand même, « invitée », c'est raide. Tu pensais être devenue autre chose pour eux, avoir un statut, une position à part dans le groupe. Jean-Marc n'a sûrement pas fait attention en te présentant les choses ainsi, tu le sais, alors pourquoi tu ne peux pas t'empêcher de le prendre de travers ? Allez, ressaisis-toi, pense à autre chose.

Joëlle se leva pour saisir une autre bière dans le réfrigérateur et se dit qu'il faudrait qu'elle en rachète, les petites bouteilles vertes descendaient à une de ces vitesses. L'alcool fonctionnait comme un anesthésiant. C'était le seul truc qui parvenait à calmer ses migraines. Sur le moment, du moins. Le lendemain, c'était pire. Il aurait fallu qu'elle consulte un médecin, la douleur nichée en permanence derrière son œil droit lui paraissait de plus en plus vive. La semaine précédente, elle n'avait pas pu quitter son lit pendant 24 heures. Elle était restée dans le noir, et avait vomi ses tripes. Elle en avait parlé à Jean-Marc et Nat. Ils étaient désolés, mais en clandestinité, on n'était pas autorisé à consulter un toubib hors urgence absolue.

Après la pause qu'elle s'était accordée, elle reprit sa cueillette en faisant attention cette fois à ne remplir le récipient qu'à moitié. Elle enchaîna ensuite avec les abricots. C'était plus facile : les branches étaient basses et recouvertes de fruits. À l'aide d'un balai, elle les fit tomber rapidement. Elle chargea tout ce qu'elle put dans la brouette dont elle se servait habituellement pour aller chercher le bois pour le feu. À la fin de la journée, il y en avait partout. Dans son élan, elle ne s'était pas rendu compte de la quantité ramassée. Il allait maintenant falloir cuire tout ça, mais d'abord racheter des pots, du sucre, de la paraffine pour empêcher les moisissures, de la cellulose et des élastiques pour les recouvrir, des étiquettes. L'ampleur de la tâche la fatigua d'avance. Elle sourit en pensant qu'il était plus simple de fabriquer des explosifs que des confitures.

Le lendemain, elle entreprit d'acheter ce qui lui manquait et là encore, la galère. Elle avait dû parcourir des kilomètres, changer de village et de commerce car tout le monde semblait avoir décidé de faire ses confitures en même temps et les ingrédients manquaient. Elle en profita pour racheter deux packs de bières, des pâtes, du jambon et le journal. Il fallut ensuite laver, trier, équeuter, dénoyauter, peser sur la balance à poids avant de démarrer la cuisson dans le chaudron. C'était à ce moment-là, elle y repensait maintenant, qu'elle avait dû avoir la main leste sur le sucre car ce qu'elle goûta quelques heures plus tard ressemblait davantage à de la pâte de fruits qu'à de la confiture. Ça l'avait tracassée, Nat lui en ferait la remarque, elle aurait encore la sensation de tout foirer. Elle s'efforça de balayer cette idée désagréable et remplit consciencieusement les pots. Elle les descendit ensuite dans le cellier et les aligna à côté des conserves de tomates qu'elle avait préparées quelques semaines auparavant sans avoir jamais songé à les ouvrir. Elle recula de quelques pas. Les différentes couleurs formaient un joli dégradé.

Luigi Pareno n'avait toujours pas compris ce qui s'était exactement passé avec Chantal ce samedi soir, leur jour de sortie. En homme de traditions, il avait réservé une table au restaurant avant la séance de cinéma de 22 heures. Ils dînaient tranquillement chez Cartouche, le bourdonnement des conversations alentour remplissait les vides de la sienne. Il était concentré sur son assiette. La viande provenait de l'Aubrac et les frites baignaient comme il fallait dans de la graisse d'oie, un délice. Tout se passait bien. Entre deux silences, il avait même évoqué l'idée d'emmener Chantal en Italie pendant les prochaines vacances et puis, d'un coup, elle l'avait énervé. Il avait bloqué sur la façon dont elle tenait sa fourchette. Le genre de détail à la con qui lui filait des démangeaisons dans les doigts, comme un bruit de mastication trop appuyé, des lèvres mal essuyées où perlait de la sauce. C'était idiot, il le savait, mais c'était comme ça. Francesca était très stricte sur la tenue à table, ça lui était resté. Au lieu de la boucler, Chantal avait pris ce petit ton sec qu'elle employait de plus en plus souvent.

— J'aimerais bien que tu arrêtes de me faire sans cesse des remarques.

— De quoi tu me parles ? Je t'ai dit ça pour te rendre service, pour t'éviter de passer pour quelqu'un qui ne sait pas se tenir à table.

Il pensa le sujet clos. Pas elle, visiblement.

— Je ne t'ai pas attendu pour savoir me tenir correctement, Luigi.

— Ben parfois on ne dirait pas.

Elle prit un air encore plus pincé.

— Sympa. Écoute tu vois, je commence à en avoir marre de tes réflexions. Il n'y a jamais rien qui va, mes fringues, mes copines, mes manières, ça commence à bien faire. Si je ne te plais pas comme je suis, on n'est pas obligé d'aller plus loin.

Mais qu'est-ce qui lui prenait de chercher les emmerdes tout à coup ?

— Doucement, poupée, ne me cherche pas. C'est toi qui es venue me draguer, je te rappelle.

— Moi ? C'est la meilleure ! Tu crois que je n'avais pas remarqué ton petit manège ? Tu as tout fait pour que je m'intéresse à toi ! Tu veux tout gâcher, c'est ça ?

Le ton montait dangereusement, il sentit que c'était le moment de mettre de l'eau dans son vin.

— Bon écoute, je n'ai pas envie de me bagarrer avec toi. On ne va pas faire toute une histoire pour une fourchette, non ? On termine de dîner et on va au cinéma. C'est ce que tu voulais, non, une soirée tranquille ?

Elle acquiesça, mais elle ne toucha plus à son plat, une entrecôte trop cuite et difficile à couper, il devait bien le reconnaître. Il s'en voulait de l'avoir agressée pour un truc aussi naze, mais elle avait le don de le crisper aussi. Chantal ne le regardait plus. Il essayait d'accrocher ses yeux qui partaient ailleurs. Quand il régla l'addition au comptoir, ils ne se parlaient toujours pas. Dans la rue, il lâcha du bout des lèvres, comme pour se débarrasser d'un problème : « Excuse-moi.

— C'est pas grave. » Elle avait ajouté sans conviction : « Merci pour le repas. » Il prit sa main, un geste qu'il ne s'autorisait jamais. Elle était froide et sèche.

Ce soir-là, ils avaient décidé d'aller voir *Les Ripoux* avec Thierry Lhermitte et Philippe Noiret. Pareno redoutait la caricature, mais les critiques étaient bonnes, ça se tentait. Dans le noir, Chantal avait paru se détendre un peu. Il avait posé son bras sur ses épaules et elle l'avait embrassé sur la joue, un signe de réconciliation. Pendant le film, il n'avait pas pu s'empêcher de gamberger. Ils s'entendaient bien jusque-là, ils n'avaient jamais eu aucun accroc, qu'est-ce qui se passait donc ? Il s'était comporté comme si d'un coup il ne pouvait plus la voir en peinture. Ce truc de fourchette l'avait rendu dingue. Il aurait dû la fermer, ou au minimum employer un autre ton. Il mettait ça sur le compte du boulot. Les tarés d'AD lui tapaient sur le système, cette traque qui n'en finissait plus ravivait des colères enfouies. La fille occupait ses pensées, elle l'obsédait, elle s'immisçait dans le chaos de ses nuits. Il devait se ressaisir : pour une fois qu'il lui arrivait quelque chose de bien, il n'allait pas tout faire foirer.

La salle se ralluma sans qu'il ait prêté attention au film. Au regard joyeux de Chantal et à son sourire d'enfant auquel on a offert un tour de manège, il déduisit que ça lui avait plu. Ils étaient ensuite rentrés, pelotonnés l'un contre l'autre, comme des amoureux. Son rythme cardiaque s'était assagi, il respirait mieux, il maîtrisait à nouveau la situation.

C'était tout de même malheureux qu'il eût fallu les meurtres pour que les gradés et les politiques se réveillent, enrageait Pareno. Il les avait pourtant prévenus que ça allait se finir comme ça. Les gars et les filles d'AD étaient des durs, il ne fallait pas être Einstein pour le comprendre. Depuis la sortie de prison de Rouillan et Ménigon en 1981, le processus de radicalisation s'était mis en place. François Mitterrand ne leur avait finalement pas tant rendu service que ça avec sa grâce présidentielle. En les libérant, le pouvoir socialiste avait eu l'air d'en faire des pantins à la solde du pouvoir. La presse d'extrême droite ne se gênait pas pour évoquer des intérêts communs, une collusion, un marchandage. Leur fierté en avait pris un coup. Leur liberté avait un goût amer. Ils se sentaient humiliés. Ils n'avaient eu de cesse alors de prouver à la face du monde qu'ils ne baisseraient pas la tête.

Dans un premier temps, ils avaient continué à se battre pour faire sortir les derniers. Ils lançaient des pétitions, organisaient des manifestations bruyantes sous les fenêtres des taules, demandaient à leurs avocats de déposer toutes sortes de recours. Rouillan, libéré parmi les premiers, n'avait eu de cesse que de faire amnistier sa compagne. Tout le groupe avait été mis à contribution. Quand Ménigon fut dehors à son tour, les autonomes s'étaient rapidement sentis désœuvrés. La légalité leur allait mal. Ils avaient tenté d'épouser une nouvelle cause à ciel ouvert. Ils s'étaient posés en défenseurs des Turcs oppressés. Ça n'avait pas vraiment marché. Ils s'étaient lassés mutuellement. Les Turcs en avaient eu vite marre de leurs salmigondis idéologiques et de leurs airs de conspirateurs. Les membres d'AD trouvaient leur combat étriqué, il manquait d'universalisme à leur goût. Ils avaient pensé leur apporter de la rigueur dans l'organisation de leur lutte, les Turcs les considéraient inutilement autoritaires et péniblement doctrinaires. Leurs chemins se séparèrent assez rapidement. Il se produisit ensuite ce à quoi Luigi Pareno s'attendait : ils se divisèrent entre eux. Les gauchistes finissaient toujours par s'entre-déchirer, c'était mécanique, il suffisait d'être patient. Face à la nouvelle donne posée par l'arrivée de la gauche au pouvoir, la mouvance s'était écharpée sur la question de la lutte armée. AD était désormais éclatée en trois tendances. Les grands chefs du ministère de l'Intérieur se frottaient les mains. Ils avaient tort. Pareno savait ce qui se passait dans leurs têtes. Plus leur influence déclinait, plus les terroristes se durcissaient. Il craignait la surenchère. La nouvelle série d'attentats perpétrés par le mouvement pendant l'été 84 le conforta dans son analyse. Après l'attaque avortée du siège de l'Union de l'Europe occidentale (UEO), les collègues avaient trouvé une voiture bourrée de 25 kilos d'explosifs. Une quantité que jamais le groupe n'avait utilisée jusque-là. Ménigon avait prévenu la police avant que la charge ne pète, signe que le groupe était toujours sur la ligne d'éviter les « attentats massacres » et les victimes innocentes, mais pour combien de temps ? Ils n'obtenaient rien avec leurs mitraillages de nuit, leurs coups ne faisaient plus que des entrefilets dans les journaux. La Rote Arme Fraktion n'avait pas les mêmes scrupules qu'eux et semblait être davantage prise au sérieux. Pareno comprit que le groupe ne pourrait pas résister longtemps à la tentation de frapper plus fort. Il s'était déjà acoquiné avec les Belges de la CCC, une bande de tarés. Il allait bientôt se jeter dans les bras des Allemands. Un an plus tard, ses intuitions se révélèrent justes. Le 15 janvier 1985, AD et la RAF officialisaient leur alliance dans un communiqué commun en français et allemand, intitulé « Pour l'unité révolutionnaire en Europe de l'Ouest ». Dix jours après, ils revendiquaient leur premier assassinat, celui du général Audran, ingénieur en chef de l'armement au ministère de la Défense, abattu devant son domicile de La Celle-Saint-Cloud. Pour que l'on comprenne bien leur changement de stratégie, ils avaient baptisé leur commando « Elisabeth von Dyck », du nom d'une militante de la RAF tuée lors d'une opération de police à Nuremberg en 1979.

Audran, ils avaient vraiment tout fait pour se le payer. Des mois de surveillance et de planque pour connaître ses horaires, ses habitudes, le niveau de sécurité qui l'entourait. En cette fin janvier 1985, pendant trois jours et trois nuits, ces enfoirés avaient planqué devant sa maison. Lassé de l'attendre, un des meurtriers avait téléphoné chez lui sous un prétexte bidon pour savoir quand il rentrerait. Le général était à Bonn en Allemagne pour coordonner une réunion antiterroriste. « Il sera là ce soir », avait répondu sa fille à l'autre bout de fil. Ils n'avaient eu plus qu'à attendre tranquillement l'arrivée de la Renault 30 noire. Elle avait émergé dans la nuit, autour de 20 h 30, alors que les dîners s'achevaient à peine dans les villas chics de la zone pavillonnaire. Au moment où elle manœuvrait pour emprunter la rampe du garage, deux membres du commando, vêtus de K-Way à capuche pour se protéger du crachin et des regards, se jetèrent sur la voiture. Pendant que l'un ouvrait la portière, le second abattait la cible de trois balles à bout portant. Ces raclures ne lui avaient laissé aucune chance. Le 1er février suivant, leurs potes de la RAF exécutaient Ernst Zimmerman, une figure du patronat allemand, en écho à leur funeste entreprise de destruction. La guerre à mort était désormais déclarée.

Joëlle éprouvait pour Nat des sentiments brouillons et confus. Les manières parfois frustres de Nathalie réveillaient en elle des réflexes de classe qui lui faisaient honte et dont elle aurait aimé s'affranchir. C'était plus fort qu'elle, elle ne supportait pas les gens qui mangeaient bruyamment, et plusieurs fois elle se surprit à détourner le regard quand Nat avalait sa soupe en claquant la langue contre son palais. Elle s'irritait également de ses fautes de français et de la façon qu'elle avait d'essuyer la sueur de son front avec le torchon destiné à la vaisselle lorsqu'elle cuisinait. Jamais elle ne se serait permis de lui faire une quelconque remarque. Elle avait trop de respect pour sa camarade de combat, elle n'aurait pas osé la reprendre sur des broutilles. Elle savait que sur bien des aspects, Nat était beaucoup plus aguerrie qu'elle. Elle avait aussi grandi à Paris, mais dans une famille modeste du quartier populaire Guy-Môquet. Son père était chaudronnier, sa mère vendeuse aux Galeries Lafayette. Elle les avait vus trimer et avait compris très tôt l'humiliation et l'asservissement qui s'abattaient sans pitié sur les travailleurs pauvres. Sa mère n'avait pas eu le temps de profiter de sa retraite, elle avait été emportée par un cancer foudroyant à peine avait-elle arrêté de bosser. Nat était entrée à la BNP, comme sa sœur avant elle. C'est à la banque, petite employée à l'échelon le plus bas, qu'elle avait commencé à militer, dans les rangs de la CFDT d'abord où elle avait pris part à la grande grève de 1977 qui avait secoué l'entreprise, puis au sein de la mouvance autonome avec des camarades rencontrés dans des manifs. Tout s'était ensuite enchaîné, le soutien aux balayeurs du métro en grève, son expulsion de la CFDT Banque pour cause de gauchisme, la participation aux opérations des autonomes, la rencontre avec Jean-Marc.

Ils avaient fait connaissance au début de l'année 78. Nat était chargée de conduire une voiture de repli après le braquage d'un bureau de poste à La Celle-Saint-Cloud. Rien ne s'était passé comme prévu. Plusieurs pannes de véhicule avaient contraint Jean-Marc à annuler l'opération. Nat avait regagné le rendez-vous de sécurité avec un quart d'heure de retard, au volant d'une Coccinelle sur le point de rendre l'âme. Jean-Marc l'avait vue arriver au square des Batignolles au moment où il allait lui-même en repartir. Elle était accompagnée d'une étudiante blonde avec laquelle elle militait et partageait un deux-pièces prêté par un ami. La bande appelait la blonde « la Fée » car elle avait été championne de patinage artistique.

Nat traînait souvent devant un petit bar maghrébin de la rue Saint-Maur, à deux pas d'un local qui servait de quartier général aux camarades. Jean-Marc avait raconté à Joëlle la Nat d'alors, celle qui zigzaguait sur son skateboard en rigolant, toujours vêtue de jeans, de camarguaises et d'une veste en velours côtelé vert anglais. Il était encore basé à Toulouse où il organisait des attentats et diverses actions entre deux pointages obligatoires au commissariat le vendredi. Quand il montait à Paris, il créchait à droite et à gauche, dans des piaules minables, dans des squats, des foyers de travailleurs immigrés ou dans les appartements cossus de copains aisés. Il avait des gosses et une copine à Toulouse, mais la skateuse de la rue Saint-Maur lui plaisait de plus en plus. Sans que rien soit formulé, ni règles ni promesses, ils s'étaient mis à la colle.

Évidemment, à y regarder de plus près, la belle histoire avait ses fausses notes que Joëlle n'avait pas tardé à repérer. S'il trouvait Nat si extraordinaire, pourquoi Jean-Marc éprouvait-il le besoin de la reluquer à la moindre occasion ? C'était probablement bassement bourgeois d'analyser la situation ainsi, mais elle ne pouvait pas s'en empêcher. Elle voyait bien ce qui excitait Jean-Marc : sa bonne éducation, le passé glorieux de sa famille… Elle l'avait compris en l'entendant un jour se vanter d'avoir été hébergé chez une comtesse à Paris. Il avait l'air si fier de raconter ça qu'elle en avait été gênée pour lui. Avec Nat, Jean-Marc était en terrain connu, il aimait le confort rassurant de la ressemblance, la certitude douillette de voir le monde de la même façon. Avec Joëlle, il ressentait le frisson d'un ailleurs ténu, d'un monde duquel il avait été d'emblée exclu et contre lequel il s'était construit avec rage.

Il y avait eu le regard de ce gosse et tout s'était enrayé, la mitraillette et la volonté. Les pupilles fixes de l'enfant déclenchèrent en elle une stridente alarme intérieure. Elles lui intimèrent un ordre, celui de tout arrêter, d'abdiquer dans la seconde, de déposer les armes aux pieds de l'innocent. Sans même réfléchir, Joëlle stoppa l'élan de son bras et baissa son flingue. De sa main libre, elle fit signe aux camarades que l'opération était annulée. L'un des leurs n'avait pas compris et, dans la confusion, un coup de feu avait été tiré en l'air, faisant détaler la voiture de la cible dans un crissement aigu de pneus. Il avait fallu se barrer fissa avant que la police n'arrive.

Joëlle n'avait pourtant aucun doute : Henri Blandin, contrôleur général des armements au ministère de la Défense, méritait le même sort qu'Audran. Ce 26 juin 1985, il n'avait dû sa vie qu'au miracle. À cet enfant surgi de nulle part, qu'aucune des biographies qu'ils avaient scrupuleusement fichées ne mentionnait, qui s'était dressé du haut de ses petits centimètres comme un bouclier dans son viseur. À cette jeune pousse aux cheveux courts et drus, aux traits déterminés et à l'œil sombre, venu bousculer leurs plans. Éliminer Blandin avait été une décision longuement mûrie. La violence prolétarienne devait désormais se diriger contre les complexes militaro-industriels, instrument de la conservation du pouvoir par les puissances impérialistes. Le général faisait partie de la cohorte de ceux qu'il fallait combattre. Le peuple était de leur côté, les mouvements pacifistes gagnaient du terrain. Des manifestations réunissaient chaque semaine des millions d'antimilitaristes un peu partout dans le monde. AD devait jouer son rôle d'avant-garde en déstabilisant le système militaro-industriel en son cœur.

Ne doute pas, surtout ne doute pas. Ce n'est vraiment pas le moment de commencer à gamberger. Ne te laisse pas influencer. Ton combat est juste, ton engagement légitime. Tu as besoin d'un peu de repos, c'est tout. Cette douleur qui te perfore le crâne et te donne envie de te fracasser la tête contre les murs va bientôt cesser. Sois-en sûre. Si seulement tu arrivais à mieux dormir...

Comme pour Audran, une longue et patiente surveillance avait été mise en place pour Blandin. Le bonhomme était facile à suivre : horaires réguliers, pas de protection, un domicile situé derrière la mairie de Neuilly, aisément accessible en voiture. La date de l'opération avait été arrêtée, en coordination avec les copains de la RAF.

Le jour J, des tireurs attendaient en embuscade devant l'entrée d'une salle de sport. Ils portaient des baskets et des vêtements souples, leurs armes étaient cachées dans des sacs de tennis synthétiques. La voiture était sortie de la maison à l'heure habituelle, une véritable horloge suisse. C'est au moment où elle arrivait à leur hauteur que Joëlle avait aperçu le gosse, blotti contre la silhouette raide du père. Ça n'avait duré qu'une fraction de seconde, mais elle aurait juré que le gamin avait tout compris, le danger, les coups de feu qui allaient s'abattre sur eux, le sang, la violence et la mort. Il l'avait regardée sans peur, il lui semblait même avoir vu une forme de défi dans ses yeux.

Lors de la réunion bilan qui suivit, Joëlle ne chercha pas à se trouver d'excuses. Elle reconnut d'emblée avoir gâché l'opération. Blandin serait désormais protégé 24 h/24, inapprochable. Il fallait renoncer à l'atteindre. Elle savait ce que cela signifiait : les mois perdus, le bras de fer avec les flics qui se durcirait, la recherche coûteuse d'une nouvelle cible. Tant pis. Elle était prête à entendre tous les reproches pour ne plus jamais croiser le regard de l'enfant.

Depuis la dispute au Cartouche, la fragile et mystérieuse harmonie qui unissait Chantal et Luigi s'était détraquée. Tout ne s'était pas délité d'un coup, bien sûr, ils étaient censés s'être réconciliés, ils en avaient joué le jeu, du moins. La nuit qui avait suivi, elle avait gardé son slip et son t-shirt pour dormir au lieu de se dévêtir complètement comme elle en avait l'habitude. Il avait compris le message : ils ne feraient pas l'amour ce soir-là. Le lendemain matin, elle était partie en lui disant « À ce soir » comme tous les jours depuis qu'elle avait emménagé chez lui quelques semaines plus tôt. Mais son ton était sensiblement différent, le baiser mécanique, le sourire froid. Elle restait sur ses gardes, lui se sentait mal à l'aise. Lorsqu'ils se retrouvaient, ils se contentaient de banalités. Elle qui avait toujours tant de choses à raconter avait perdu son allant. Sans son aide, Pareno s'aperçut vite que leurs conversations s'essoufflaient avant même de démarrer. Il ne savait pas faire, il était maladroit, avait du mal à trouver les mots justes. Il s'en voulait et renonçait. Même les échanges du quotidien devinrent compliqués. Dès qu'il lui parlait un peu trop vivement, son visage se fermait. Elle avait peur de lui et ne le cachait pas. Ce constat le consternait et le paralysait encore davantage. Il regrettait de lui avoir proposé de laisser son studio pour venir habiter avec lui. Le déménagement avait pourtant été joyeux. Elle s'était débrouillée pour caser un nombre invraisemblable de trucs chez lui, petits meubles et menus objets, coussins et vêtements, sans déranger l'agencement de l'appartement. Il avait rapidement eu l'impression qu'elle avait toujours vécu là. Aujourd'hui, il ne savait plus comment la rassurer. Ils s'agaçaient mutuellement, s'accrochaient pour un rien, une porte claquée trop brusquement, une poubelle pas vidée, le beurre qui manquait dans le réfrigérateur. Bientôt, elle évita de lui parler. Au bout de quelques semaines, elle l'évita tout court. Alors qu'il la questionnait, elle lui avoua ne plus savoir où elle en était. Elle ne supportait plus son irritabilité, sa difficulté à exprimer ses émotions, cette colère qui ne le quittait jamais vraiment, son obsession du contrôle. Il avait essayé de justifier son attitude par le surcroît de travail auquel il faisait face ces derniers temps. Il était sur les nerfs et manquait de sommeil. Est-ce qu'elle se rendait compte de la pression qu'il avait sur les épaules, les nuits sans dormir, à élaborer de nouvelles stratégies pour protéger le pays des terroristes, les échecs et les humiliations, la guerre des services qui usait le moral des gars ? Pas étonnant qu'il s'énerve de temps en temps, elle pourrait essayer de comprendre. Il la suppliait d'être patiente. L'été prochain, ils partiraient en vacances, il l'emmènerait voir sa mère dans le Sud, puis ils prendraient la voiture pour faire ce tour en Italie dont ils parlaient depuis si longtemps. Ça leur ferait du bien de se retrouver un peu. Elle le regardait d'un air las et il ne trouvait pas la force de continuer. Il ne pouvait pas lui expliquer ce qu'il ressentait vraiment. Il ne voulait pas lui parler de la fille qui bouffait ses jours et ses nuits. Elle n'aurait pas compris.

Elle rentra de plus en plus tard le soir, et le week-end elle restait dormir chez une collègue. Quand ils se croisaient, ils retenaient les mots qui fâchent et taisaient les pensées qui blessent. Ils échangeaient un minimum d'informations sur un ton neutre. Luigi Pareno avait pris l'habitude d'attendre Chantal sur le canapé en buvant des bières à même la bouteille comme lorsqu'il était célibataire. Et puis un soir, évidemment, ça avait dérapé. Il était déjà pas mal éméché lorsqu'elle était rentrée d'un prétendu pot avec des collègues. Il n'avait pas pu s'empêcher de lui chercher des noises. Il l'avait assaillie de questions sur ce qu'elle avait bu et qui elle avait vu exactement. Il avait embrayé avec le jeans qu'elle avait choisi pour sortir, celui qui lui serrait les fesses. Elle le croyait aveugle ou con, elle s'imaginait qu'il n'avait pas compris son manège, qu'il n'avait pas vu le trait de khôl noir appliqué au ras de ses cils ? Peut-être bien, aussi, qu'il l'avait traitée de « pute », mais il n'en était pas tout à fait certain et, à la réflexion, il préférait se dire que non.

Elle l'avait laissé déblatérer sans répondre, avait essuyé les insultes sans ciller, soutenu son regard fou sans un geste. Quand il eut fini, essoufflé par sa propre rage, écœuré de lui-même, il laissa tomber sa tête en arrière sur le dossier du canapé et ferma les yeux. Il tentait de retrouver sa respiration, les paupières toujours closes, quand elle s'assit en face de lui, sur le fauteuil, son sac en bandoulière sur son épaule. « Je t'aime encore, Luigi mais je vais devoir te quitter. » Elle avait eu ces mots terribles, surtout ceux du début, et il les avait reçus comme une décharge en plein cœur. Il avait eu si mal soudain qu'il lui avait fallu partir sans perdre une seconde. Il s'était levé, était passé devant elle en la bousculant du coude, avait saisi sa veste à la patère de l'entrée et quitté l'immeuble en trombe.

Lorsqu'il était rentré au petit matin, après une nuit d'errance, les pieds douloureux d'avoir tant marché, le corps perclus de courbatures, elle n'était plus là. Elle avait embarqué ses fringues, ses bouquins et ses cours et claqué la porte derrière elle en laissant les clés qu'il lui avait données en évidence sur la table basse du salon. Il avait vainement cherché une lettre d'explication, un message d'adieu. Elle avait déserté sans un mot. Une violente colère l'avait l'envahi puis, très vite, il s'était senti soulagé. Elle avait fui avant qu'il ne la cogne. Il ne la remercierait jamais assez de leur avoir épargné ça.

De ce jour de mars 1986, Joëlle avait le souvenir d'une odeur piquante de papier brûlé. Elle n'avait jamais aimé les feux de cheminée et la voilà qui s'était retrouvée à passer la journée la tête dans l'antre à s'en déchirer les bronches. La veille, Nat avait activé le code de sécurité pour lui demander de les rejoindre à Vitry sans donner de détails. Joëlle s'était doutée qu'il y avait un rapport avec l'arrestation d'Olivier à Lyon, les radios ne parlaient que de ça. Quand elle avait appris la nouvelle, elle n'avait pas pu s'empêcher de sourire. Il s'était fait choper, c'était bien fait pour sa gueule. La branche lyonnaise avait commencé à dériver depuis un moment déjà. Jean-Marc, qui avait été si proche d'Olivier, avait coupé les ponts. De camarades, ils étaient devenus adversaires.

Après l'arrestation des Lyonnais, la police avait découvert pas moins de 150 kilos de documents dans une planque. Lorsqu'elle avait entendu l'information, Joëlle avait pensé à une erreur. Elle n'aurait jamais imaginé qu'ils aient pu être aussi cons. 150 kilos de notes accumulés quand on a les flics aux basques, il fallait être complètement crétin ou suicidaire. La lecture de la presse le lendemain avait confirmé l'invraisemblable. Les journalistes se délectaient en particulier des hallucinantes « confessions » de Max. Fasciné par Olivier qui l'avait converti à la lutte, celui que la police surnommait « l'artificier d'Action directe » n'avait visiblement rien trouvé de mieux à faire que de s'épancher dans des lettres à son gourou. Des dizaines de pages de logorrhée pathétique dans lesquelles il se décrivait comme un révolutionnaire minable et implorait la clémence de son maître. Joëlle en avait lu des extraits, écœurée. Max racontait sa vie dans les moindres détails, il laissait libre cours à ses états d'âme, se montrait couard et geignard, égocentrique et maniaque. Il parlait de son enfance confortable, du père haï, de sa petite amie, des braquages, des attentats. Il s'accusait de n'être pas à la hauteur de son Dieu, tout en avouant ne guère s'intéresser à la théorie et aux discours. Il était vraiment pitoyable, s'était dit Joëlle en refermant le journal ce jour-là. Pourtant, Max était l'un de ceux sur lesquels le mouvement avait pu compter. Fils d'un industriel du Jura, il ne cachait pas ses origines bourgeoises. Il avait largué les amarres familiales après sa rencontre avec Olivier, son prof au lycée technologique des industries métallurgiques de Lyon. Comme Joëlle, il s'était senti de plus en plus à l'étroit dans son milieu et cette sensation d'étouffement s'était insidieusement transformée en colère puis en détestation de toutes les formes d'oppression. Comme elle, il estimait qu'il devait racheter les crimes de ses parents, en faire davantage que les autres, faire oublier les privilèges du passé, se donner totalement, entièrement, au combat, offrir sa force révolutionnaire au peuple opprimé, payer pour son appartenance au camp des spoliateurs. Il n'avait pas attendu sa majorité pour prendre la tangente. Il avait supplié Olivier de lui confier des missions dangereuses. À la demande du groupe des Lyonnais, il avait fait son service militaire au 3e RPIMa de Bayonne où il avait appris le maniement des armes et des explosifs. Cette expérience avait été précieuse pour la mouvance. Max avait transmis son savoir à de nombreux camarades. Surtout, il était en première ligne pour les opérations de financement, montait au braquo sans peur ni hésitation. Pour célébrer son entrée à AD en 1979, les Lyonnais l'avaient embarqué à Paris où il avait arrosé le siège du CNPF au pistolet-mitrailleur. Max n'avait pas regretté d'avoir quitté l'entreprise d'électroménager qui l'employait dans le quartier de la Croix-Rousse. Il était convaincu d'avoir trouvé sa voie, il serait désormais un parfait révolutionnaire dont Olivier serait fier, un combattant prêt à mourir les armes à la main. Il devint rapidement le braqueur attitré de l'organisation. Sa réputation était arrivée aux oreilles de Jean-Marc, qui enviait alors les Lyonnais d'avoir mis la main sur un gamin aussi expérimenté aux techniques de guerre. Ça n'avait pas duré longtemps.

Très vite, le jeune prodige avait posé problème. Alors qu'Olivier souhaitait le faire grimper dans l'organisation, il tergiversait, disant oui un jour, se défilant le lendemain. Jean-Marc s'était fait son idée. Max n'était pas un vrai militant, il n'était animé par aucun idéal. Plus gênant : alors qu'il était dans les parages, plusieurs opérations avaient salement tourné. Le 29 octobre 1980, un hold-up avait coûté la vie au convoyeur de fonds Henri Delrieu ; en novembre 1981, le brigadier Hubert était tué dans une attaque pour un butin de 40 000 francs. En mars 1984, c'était au tour de Guy Delfosse, général de gendarmerie, de tomber sous ses balles lors du braquage de la BNP Victor-Hugo de Lyon. Des flics tués, ce n'était pas pour déplaire au groupe, mais les chefs le savaient : quand un des siens était à terre, la police resserrait les rangs et elle ne les lâcherait plus. Max travaillait souvent seul, il avait peur d'être balancé et à force de se méfier de tous, de se passer d'équipes et de bases de repli, il multipliait les risques. Les morts commençaient à s'accumuler. « Ce n'est pas l'artificier qu'il faudrait l'appeler, c'est l'agité », raillait Jean-Marc. Il avait interdit à Max d'utiliser le sigle d'AD tant il l'en estimait indigne, mais l'autre s'en foutait. Il y avait accolé « l'Affiche rouge » en référence aux martyrs de la Résistance. Pour qui se prenait-il ? La lecture de ses lettres pleurnichardes où il suppliait Olivier de le mettre à l'épreuve et où il expliquait avoir délibérément sabordé certaines opérations avait achevé de le mettre en rogne. Avec des révolutionnaires comme ça, ils avaient du souci à se faire.

Au sein de leur cellule, les précautions étaient de mise. Jean-Marc avait rappelé dès le départ la nécessité de limiter les traces écrites, de ne pas envoyer de courrier, surtout pas à la famille dont les boîtes aux lettres étaient forcément sous surveillance, de ne stocker que le minimum, c'est-à-dire la documentation indispensable à la lutte. Avec le temps, la prudence s'était inévitablement relâchée. À Vitry, et dans les autres planques, les papiers s'étaient accumulés au fil des mois et des années : revues, relevés divers, synthèses d'écoutes du scanner de la police, textes politiques, copies et traductions des écrits des groupes étrangers, listes de cibles, de courses, de matériel...

Jean-Marc et Nat avaient fait venir Joëlle pour les aider à se débarrasser au plus vite de tout ce qu'ils estimaient superflu. Seules devaient subsister les notes sur les opérations en cours ou programmées, après avoir vérifié qu'elles étaient bien codées. Le travail de tri leur avait pris toute la journée. Jean-Marc restait concentré, distribuait ordres et consignes, Nat et elle s'exécutaient, s'activaient autour de la cheminée, ne s'en éloignant que pour se rincer les yeux à l'eau du robinet ou ouvrir en grand les fenêtres quand le conduit rejetait la fumée dans le salon. À la fin de la journée, ils s'étaient tous les trois affalés sur le canapé, fourbus et satisfaits. Jean-Marc avait ouvert une bouteille de vin et trinqué à l'arrestation des Lyonnais même si Max manquait au coup de filet. « Bon débarras. » C'était vachard, mais ça reflétait ce qu'ils pensaient tous. Nat proposa ensuite à

Joëlle de rester dîner, elle pouvait aussi dormir là si elle voulait. Elle accepta, soulagée de ne pas avoir à rentrer seule dans la nuit.

Tu regardes son visage et tu as envie de chialer comme une midinette. Régis… Jean-Marc et Nat ont collé des photos de lui sur le mur pour ne pas oublier pourquoi on fait tout ça. Un jour il sortira, on ne va pas le laisser pourrir en taule. Ils lui ont collé la fusillade de l'avenue Trudaine et en ajoutant les braquages, c'est la perpète assurée. Si la peine de mort n'avait pas été abolie, ils l'auraient passé à la guillotine, les salauds. On ne le laissera pas aux chiens, on le lui a promis, on se l'est juré. Ils vont bien finir par comprendre qu'on ne rigole pas et nous prendre au sérieux. Qu'est-ce qu'il te manque… Tu ne l'as pas vu depuis si longtemps… Tu ne sais même plus à quoi il ressemble, il était souriant et le plus doué d'entre vous. Tu cherches en vain l'odeur de sa peau et le son de sa voix au fond de ta mémoire. Quand tu es tombée le 9 avril 1982, il ne t'a pas lâchée. C'est lui qui a eu l'idée de t'épouser pour te faire bénéficier de parloirs supplémentaires et d'éventuelles remises de peine. Tu savais que ce n'était pas la seule raison, tu avais deviné qu'il était un peu amoureux. Le jour du mariage, tu t'étais maquillée légèrement afin qu'il te trouve jolie. Elle t'avait émue, cette cérémonie de pure forme dans le bureau du directeur, elle avait égayé les jours d'avant et adouci ceux d'après. Quand tu étais enfin sortie, presque deux ans après avoir été arrêtée, vos retrouvailles avaient été timides et brèves. Trois mois plus tard, il se faisait serrer à son tour. Ça te fout le cafard, rien que d'y penser. Et les deux autres qui dorment à côté pendant que tu ressasses… Allez, sors de ce putain de lit, peu importe l'heure qu'il est. Lève-toi, il y a bien une bouteille qui traîne quelque part.

Les humiliations s'accumulaient et elles devenaient de plus en plus pénibles à vivre pour Luigi Pareno. Le 9 juillet 1986, une bombe explosait quai de Gesvres, dans les locaux de la Brigade de répression du banditisme. Cette BRB dont les flics comme lui étaient si fiers, cette unité d'élite dont les politiques se regorgeaient, avait été frappée en plein cœur. La bombe avait été placée dans les toilettes du 4e étage du bâtiment. L'attentat avait coûté la vie à l'inspecteur de police Marcel Basdevant, 23 autres personnes avaient été blessées. Quand il avait aperçu au loin la montagne de gravats, Pareno avait compris qu'un cran supplémentaire avait été franchi. La déflagration avait projeté une poussière grise et plus épaisse que la cendre dans un rayon de cinq cents mètres autour de l'immeuble. Les toits et les pare-brise des voitures en étaient recouverts, tout comme les trottoirs sur lesquels les empreintes des passants se dessinaient. L'air était irrespirable, les particules métalliques brûlaient la gorge, une fumée toxique attaquait les muqueuses et semblait se déposer directement sur les poumons. Hagards, les collègues se croisaient comme des zombies, incapables de savoir ce qu'ils devaient faire, saisis par l'effroi. Le ciel bleu s'était assombri d'un coup, les sirènes hurlantes saturaient les tympans, les yeux étaient rougis, mais personne n'aurait su dire si c'était à cause des larmes ou des effluves toxiques émanant de l'édifice éventré. D'emblée, les hypothèses les plus farfelues avaient circulé. L'adresse de la BRB n'était pas connue, rien ne signalait la présence de la brigade dans ce bâtiment posé sur les bords de Seine. Il n'en fallait pas davantage à certains pour imaginer une complicité interne, une déstabilisation ourdie de longue date. Quand on lui avait demandé son avis, Luigi Pareno avait immédiatement écarté ce scénario. Pour lui, il n'y avait aucun doute : l'attaque avait été commise par les cinglés d'AD. Trois jours plus tard, une revendication signée « commando Loïc Lefèvre », du nom de ce jeune peintre-carrossier de 28 ans tué d'une balle dans le dos par un CRS lors d'une course-poursuite à Paris, lui avait donné raison.

Au-delà du terrible bilan, la facilité avec laquelle l'opération avait été menée actait leur faiblesse. L'État n'avait pas pris la mesure du danger, il était vulnérable. On entrait dans ses bastions comme dans un moulin. Les premiers témoignages étaient édifiants. Un homme avec un sac de 15 kilos d'explosifs avait pu pénétrer sans fouille dans l'immeuble, grimper les étages, s'enfermer dans les chiottes, activer la bombe, ressortir, redescendre tranquillement, quitter le bâtiment, monter dans un véhicule alors que la charge explosait et s'enfuir, laissant derrière lui un trou ensanglanté de la taille d'une voiture. Pour mettre au point un tel coup, l'individu avait forcément dû effectuer des repérages, entrer dans les locaux sans que personne fasse attention à son manège. Cette idée donnait la nausée à Luigi Pareno. En jetant son mégot dans la Seine ce soir-là, à quelques mètres du cratère fumant laissé par l'explosion, il s'était juré de tuer de ses propres mains celui qui s'était attaqué à la BRB, dût-il passer le reste de ses jours sous les verrous.

Un orage éclata si près de lui que le premier coup de tonnerre le fit sursauter. Des trombes d'eau tombèrent brutalement du ciel comme un rideau de fer gris. Il ne chercha pas à s'en protéger et décida de rentrer à pied, ça le calmerait. Il ruisselait mais il n'avait pas froid, réchauffé par la colère. Il se heurta à un parapluie. Le couple blotti en dessous ne l'avait pas vu et s'excusa gaiement. Leur sourire mouillé le dérida un instant. Leurs yeux racontaient l'insouciance. Il repensa à Chantal et à son don de se réjouir de tout. Dieu, ce qu'elle lui manquait ! S'il ne l'avait pas fait fuir, s'il n'avait pas été aussi bête ou aussi fou, il aurait pu lui raconter. Quelques paroles auraient suffi et il se serait senti moins encombré. Peut-être même qu'après une journée comme celle-ci, elle l'aurait embrassé doucement sur le front pour calmer ses tempêtes intérieures. Il se demanda si elle était encore fâchée. Il espérait qu'au moins, elle pensait à lui de temps à autre.

Maman, demain je retourne au combat. Je suis seule dans une maison isolée pas si loin de Paris, mais avec l'impression d'être au bout du monde. Je donnerais n'importe quoi pour vous serrer dans mes bras, toi et papa. Vous me manquez tellement. Je ne peux plus venir vous voir depuis la clandestinité. Trop risqué. Toutes les polices de France sont à nos trousses, ils reniflent chaque trace, surveillent nos proches et hantent les lieux où nous avions nos habitudes. Je ne veux pas vous mettre en danger, vous causer d'ennuis supplémentaires, vous vous faites déjà tant de souci pour moi. Je sais qu'au fond, vous ne m'en voulez pas. Vous m'avez soutenue en prison et sans vous, j'aurais sombré. Vous serez toujours là. Vous connaissez mon engagement, il est aussi profond qu'irrévocable. Vous le respectez même s'il n'est pas le vôtre. De ça et de tant d'autres choses, je vous remercie.

Demain, je serai en première ligne dans une opération d'envergure. Si ça tourne mal, je veux que vous sachiez que je suis prête à mourir. Ne pleurez pas, je vous en supplie. Je préfère tomber sous les balles des flics que la taule à perpète. Les condés et les journaleux parleront de moi avec des mots sales et iront fouiller nos secrets de famille. Ils viendront vous harceler dans la rue et jusqu'à la porte de votre appartement. Ne vous laissez pas intimider. Je suis loin, mais je sais que vous m'entendez : si je ne reviens pas vivante, ne les écoutez pas, ne croyez rien de ce qu'ils vous diront. Je suis une combattante politique et j'en suis fière. N'ayez aucun regret car moi je n'ai pas peur.

La planification des enlèvements et des exécutions occupait quasiment toutes les journées du groupe ces derniers mois. Jean-Marc et Nat passaient leur temps à faire des listes de noms dont Joëlle ne percevait pas toujours la logique, mais elle la fermait. Elle avait pigé que parfois, il était préférable de se taire. Il fallait recueillir le maximum d'informations sur les cibles, leur *curriculum vitae*, leur situation familiale, l'endroit où ils créchaient, leurs habitudes. Plus de trois cents noms répartis dans des dossiers de couleur par thèmes (Quai d'Orsay, ministères, police, personnalités, patrons). Les fiches, ça ne la branchait pas des masses, Joëlle. Depuis les perquisitions lyonnaises et la précipitation de Jean-Marc à tout brûler, elle ne comprenait pas pourquoi on recommençait à tout noter dans des cahiers, mais ça non plus elle n'avait pas osé le dire. Son truc à elle, c'était le terrain. Elle aimait les allers-retours à Paris avec Jean-Marc, leurs conversations dans la chaleur de l'habitacle, habillés comme des employés de bureau pour ne pas attirer l'attention, les stops à l'écart des routes de campagne pour changer les plaques minéralogiques, les planques pour consigner les déplacements de leurs ennemis, filmer leurs mouvements, un café à la main, à proximité de leurs maisons bourgeoises.

Quand le choix de Georges Besse avait été fait, il avait fallu plusieurs mois de filature et de collecte de renseignements pour maîtriser ses habitudes. Le gars avait toujours refusé d'être protégé, il n'avait pas de garde du corps, ce qui en faisait une cible facile. Plusieurs scénarios avaient été envisagés. Jean-Marc avait un moment pensé le saisir en Indre-et-Loire où le patron de Renault passait ses week-ends. Il décida d'aller y faire des repérages avec un garçon du groupe. L'opération de surveillance avait mal tourné. Alors qu'ils circulaient aux alentours de la propriété de la famille Besse à Betz-le-Château, leur bagnole s'était embourbée en plein bois. On était fin mai, pourtant il n'avait cessé de pleuvoir les jours précédents. Impossible de sortir la caisse de l'ornière tant la boue était collante. Les copains avaient tout essayé, poussant, tirant, faisant gronder le moteur, en vain. Ils avaient commencé à pétocher. Ils s'étaient demandé comment sortir de ce bourbier, il n'y avait pas un chat à la ronde et le premier village se trouvait à plusieurs kilomètres. Ils craignaient d'attirer l'attention des gendarmes. Dans leurs sacs, il y avait du matériel, jumelles, appareil photo, enregistreur, et aussi un guide sur les oiseaux pour se faire passer pour des ornithologues en cas de contrôle. Mais les armes dans le coffre, ils auraient eu bien du mal à les justifier : elles n'étaient pas du genre à servir pour chasser le lapin. Alors que la nuit s'installait sur la cime des arbres, un type en camionnette blanche s'était arrêté et leur avait aimablement proposé de les aider. À trois, ils s'en étaient sortis. Pour le remercier, Jean-Marc lui avait donné 400 francs. Le gars n'en était pas revenu.

Lorsqu'il avait raconté sa mésaventure lors d'un dîner à la ferme, Joëlle avait failli pouffer mais elle s'était abstenue : Jean-Marc ne riait pas du tout. Il avait eu tellement les jetons qu'il avait définitivement écarté l'idée d'un guet-apens en pleine cambrousse pour se rabattre sur l'option parisienne. Il avait fallu tout reprendre à zéro, repérer l'activité du boulevard Edgar-Quinet où habitait la cible, noter les horaires et les trajets de toute la maisonnée. Quand ils s'estimèrent au point, Joëlle et Nat se portèrent volontaires.

Ce lundi de novembre, l'équipe se mit en place vers 18 heures. Deux d'entre eux surveillaient l'immeuble. Les filles se tenaient en retrait. Un peu avant 20 heures, la voiture s'engagea lentement dans la rue et le chauffeur déposa son patron devant son domicile comme il le faisait tous les jours. Besse ramassa tranquillement ses journaux et la serviette en cuir offerte par sa femme, posa son imperméable sur son bras gauche, fouilla dans sa poche à la recherche de ses clefs. Les copains qui faisaient le guet s'éloignèrent vers la voiture de repli, les deux filles faisaient mine de regarder une vitrine encore éclairée. Le chauffeur était déjà loin lorsque les coups de feu éclatèrent. Il ne vit rien, entendit à peine. Dans la nuit noire, Besse s'effondra sous les balles. L'une des deux meurtrières braqua les témoins pour les faire fuir. Après avoir ramassé la serviette, elles partirent en courant. Tout s'était déroulé si vite que plus tard, Joëlle se demanderait si elle n'avait pas rêvé la scène.

Lorsqu'il avait pris connaissance des premiers témoignages recueillis après l'assassinat, mentionnant la présence de deux jeunes femmes sur les lieux, quand on lui avait dit que l'une d'elles était blonde avec des cheveux légèrement bouclés et des yeux fauves, Luigi Pareno avait immédiatement compris qu'il s'agissait de la fille de Deauville. À force de l'avoir observée, d'avoir lu et relu son dossier, décortiqué ses interrogatoires, il savait de quoi elle était capable. Il n'avait pas pu s'empêcher d'échafauder des hypothèses. C'était probablement elle qui avait demandé à tirer, elle ne voulait pas être en reste, elle tenait à leur montrer qu'elle en avait dans le ventre. Surtout au chef. Pareno ne l'avait pas lâchée des yeux lorsqu'elle avait embobiné les magistrats et le jury au procès du box. Elle avait joué à l'idiote, minimisé son rôle, farouchement nié son appartenance à AD. Elle avait à nouveau expliqué qu'elle avait voulu rendre service à des militants turcs, elle ne savait pas ce qu'ils trafiquaient. Surtout, elle avait dédouané Mohand, elle avait tout fait pour le sauver, et Pareno n'avait pas pu s'empêcher de trouver ça plutôt classe. Dans la version d'Aubron, Mohand était là par hasard, il l'avait accompagnée comme le fait un copain avec qui on traîne. Comme elle, il ne savait pas ce que recelait le box. Faute de preuves, la justice avait été obligée de faire semblant de la croire. Mohand était ressorti libre, elle avait écopé de quatre ans de prison dont deux avec sursis. Elle savait protéger ses amis, elle était capable d'entourlouper les enquêteurs et de rouler les magistrats. La gamine avait sacrément progressé. De la détermination qu'elle avait affichée ces mois-là, de son application farouche à protéger son coïnculpé, Ménigon et Rouillan lui en étaient forcément reconnaissants. Elle avait gagné ses galons de combattante, elle appartenait désormais à la race des seigneurs, ceux à qui l'on pouvait confier les missions les plus secrètes, les plus dangereuses. Ils pouvaient compter sur elle. Elle allait encore devoir apprendre les théories fumeuses qui leur tenaient tant à cœur, maîtriser leur jargon et leurs concepts foireux, elle allait se perfectionner sur les opérations de guérilla. Elle ne lâcherait plus rien, elle irait jusqu'au bout car elle n'avait pas peur. Certains des leurs avaient disparu sans un mot, prétextant la clandestinité pour s'évanouir dans la nature. La fille de Deauville, elle, ne les abandonnerait pas, Pareno en était convaincu. La taule avait achevé d'en faire une guerrière. Les membres du groupe l'avaient lu dans ses yeux à sa sortie de prison. Elle avait la rage de ceux que les matons n'ont pas cassés, dont les brimades et les privations ont asséché les hésitations et nécrosé la trouille et qui, au lieu de courber l'échine, brisés de l'intérieur, ressortaient droits et raides comme l'acier. La fille avait absorbé leur haine pour la faire sienne, avait transformé leur brutalité en arme. Elle ne flancherait plus.

Tout cela, Luigi Pareno l'avait compris avant les autres. Les stigmates de l'enfance bourgeoise, les dernières traces de la gamine hésitante avaient disparu derrière les barreaux, engloutis par les hurlements des prisonnières, le bruit obsédant des clés dans les serrures et des portes qui claquent, les ordres des gardiens, les insultes et les coups. L'enfermement avait achevé sa mutation. Elle était désormais prête à tuer.

Joëlle n'avait rien ressenti lorsqu'elle avait appuyé sur la gâchette. Elle se souvenait seulement de la crainte qui s'était emparée d'elle, quelques minutes avant, alors qu'elle attendait dans le noir avec Nat. Les questions s'étaient accélérées dans son cerveau au même rythme que les pulsations dans ses tempes. Et si la culasse se grippait ? Et si le pistolet explosait comme c'était arrivé à un camarade italien ? Et si son index ankylosé par le trac ne parvenait pas à appuyer sur la détente ? Ce n'était pas le moment de flancher, elle le savait. Elle avait tout soupesé, bien réfléchi. La décision de tuer Besse avait été prise démocratiquement, au nom du peuple. Il fallait en passer par là pour faire vaciller l'ogre capitaliste, le pouvoir inique au service des grands patrons qui asservissaient les travailleurs à leur seul profit.

Tu ne vas pas te dégonfler maintenant, petite conne ? Tu ne vas pas renoncer après avoir fait tout ça ? Reste concentrée.

C'était elle qui avait demandé à tirer. Jean-Marc avait toujours dit qu'il n'obligerait personne lorsqu'ils avaient commencé à discuter des assassinats politiques. Les actions militaires se faisaient sur la base du volontariat. Joëlle n'avait pas rejoint AD pour faire de la figuration. Elle n'avait pas quitté les squats et leurs fumeurs de shit pour se contenter d'écouter les fréquences de la police et louer des bagnoles sous de fausses identités. Elle n'avait pas rompu avec ses amis d'enfance, ses sœurs et ses parents, ses anciens camarades de lutte, pour imprimer des tracts clandestins et se déguiser en bourgeoise à faire le guet devant des bureaux de poste à braquer. Elle voulait faire partie de cette avant-garde qui avait choisi de prendre les armes. Il n'était plus question de revenir en arrière.

Devant le 20 heures d'Antenne 2, le lendemain, Luigi Pareno se dit que Claude Sérillon avait vraiment l'air d'un clown. L'assassinat de Besse faisait l'ouverture des journaux radio et télévisés depuis la nuit précédente et le présentateur à bouclettes n'avait rien trouvé de mieux à enfiler qu'une veste gris-bleu sur une chemise à rayures rouges et blanches rehaussée d'une cravate verte, rayée elle aussi. Comme si tout ça ne faisait pas assez mal aux yeux, il avait ajouté une pochette bordeaux. Le gus se croyait dans une fête foraine ou quoi ? Il se foutait du monde. C'était le genre de détails qui rendait Pareno complètement dingue. Quand on parle d'un mort, d'un type abattu comme un chien en pleine rue, on peut au moins se creuser la paillasse pour avoir l'air digne, bordel de merde. Si Chantal avait été là, elle aurait trouvé des circonstances atténuantes à Sérillon. Elle aurait certainement dit que la nouvelle du meurtre avait dû mettre la rédaction de la chaîne sans dessus dessous, le type n'avait pas eu le temps de penser à sa tenue. Elle aurait expliqué ça d'un ton assuré et tranquille à la fois, et elle aurait eu raison, évidemment. Il s'excitait souvent pour des conneries. Chantal avait un don pour dédramatiser les situations, lui montrer les choses sous un autre angle et ça, c'était une qualité qu'il ne pouvait pas lui enlever.

Les médias, dans la précipitation, avaient traité le drame comme ils avaient pu : quelques infos grattées à la va-vite auprès de leurs sources chez les flics, au ministère de l'Intérieur et place Vendôme du côté des magistrats, un micro-trottoir avec des pseudo-témoins, un reportage sur l'histoire d'Action directe avec des images d'archive. Ce n'était pas très consistant, mais ils avaient fait le job. Dans ses commentaires, Claude Sérillon insistait un peu trop sur la « tache sanglante sur le trottoir ». Pareno n'avait pas trouvé ça hyper élégant, un peu lourdingue même. Le présentateur annonçait ce qu'il croyait savoir : la revendication de l'assassinat par AD dans l'après-midi, portant à douze le nombre d'attentats leur ayant été attribués depuis le début de l'année 1986, les deux tracts retrouvés par la police au métro Raspail signés « commando Pierre Overney », du nom du jeune maoïste tué en 72 alors qu'il essayait de rentrer en force sur le site de Billancourt par Tramoni, un vigile des usines Renault. Il expliquait également que trois projectiles de calibre 9 mm avaient été retrouvés sur la scène de crime et que les premiers témoignages indiquaient l'implication de deux femmes dans le meurtre.

La chaîne avait envoyé une caméra sur place. Le gars derrière filmait ce qu'il pouvait, la pluie, les lumières dans la nuit, les gyrophares, les silhouettes des collègues, les trottoirs mouillés. On voyait au loin les fenêtres encore allumées des bureaux de la tour Montparnasse, les cordons de sécurité autour de la scène de crime et bien sûr les fameuses taches de sang sur le bitume, entourées de traits tracés à la craie blanche. Un officier intervint pour affirmer que la police « s'attendait à une action terroriste sur une haute personnalité ». Une connerie : il aurait voulu les faire passer pour des abrutis, il ne s'y serait pas pris autrement, celui-là. Plus tard, dans une édition tardive, Hervé Brusini poursuivit le compte rendu. Il affichait une mine de croque-mort, mais au moins il s'était habillé correctement. Ses équipes avaient déniché une passante qui jurait avoir été mise en joue par une des terroristes qui lui aurait hurlé : « Casse-toi, t'as rien vu ! » Elle se disait également convaincue que les filles étaient couvertes par un homme aperçu plus loin. Pareno pensa qu'il devait s'agir de Rouillan. Pour les braquages comme pour les attentats, le chef était plus doué pour rester à l'abri dans les voitures que pour sortir arme au poing. Dans un autre journal télévisé, un blondinet affublé d'une coupe mulet et d'un perfecto – dont on pouvait se demander ce qu'il foutait dans ce quartier chicos – avait expliqué au micro du journaliste avoir entendu quatre coups de feu. « J'ai pensé que c'était un pétard, un truc comme ça, avait ajouté le type, mais j'ai vu qu'il y avait deux personnes qui s'enfuyaient, une avec une veste bleue à droite vers le cimetière et je crois un homme et une femme de l'autre côté. » Un champion celui-là encore, marmonna Pareno. Le présentateur reprit la parole pour annoncer que le Premier ministre Jacques Chirac et son ministre de la Sécurité Robert Pandraud s'étaient rendus sur les lieux pour saluer la famille de Georges Besse. Ça avait dû leur faire une belle jambe, les pauvres.

Le reportage sur AD fit grimper de trois crans l'agacement de Luigi Pareno. À grand renfort d'images de carcasses de voitures calcinées et de façades éventrées, de gravats et de poussière, de portes défoncées et de fumées couleur bronze asphyxiant les rues, le commentaire retraçait la « dérive sanglante » du groupe : le logo de l'étoile rouge à cinq branches apparu pour la première fois en 1979, l'attentat contre le ministère du Travail, l'époque des cibles symboliques – ambassades, sièges de sociétés internationales –, le coup d'arrêt avec l'arrestation de la rue Pergolèse et la libération des chefs une fois la gauche au pouvoir, les hold-up, les flics tués rue Trudaine, les meurtres de sang-froid, l'assassinat du général Audran et l'attaque ratée contre Brana, le vice-président du CNPF.

Le rappel des six dernières années lui donna la nausée. Ces années de traque et d'échecs étaient les siennes. Certes, il n'était pas le seul responsable, loin de là, et il avait tiré assez de sonnettes d'alarme dans toutes les directions pour se sentir les fesses propres. Mais quand même, ce grand patron apprécié de tous, qui avait redressé un des fleurons de l'industrie française, lâchement tué en rentrant chez lui, Pareno ne pouvait pas s'empêcher de se dire que ça aurait pu être évité. Il éteignit brutalement la télé et décida d'aller prendre l'air pour dissiper les aigreurs qui lui remontaient dans la gorge. Une fois dans la rue, il se sentit mieux. Une pluie froide mouillait son visage. Les rares passants qu'il croisa ne firent pas attention à lui : lui seul savait, au goût de sel dans sa bouche, qu'il était en train de pleurer. Groggy par ces dernières heures d'épouvante, titubant de fatigue, dans une oscillation pendulaire entre la résignation et la volonté d'en découdre, il s'était dirigé vers le Balto sans même s'en apercevoir. Arrivé à la porte du bar, il crut voir le visage de Chantal penché sur le comptoir pour saisir un verre. Il fit brusquement demi-tour. Il avait eu assez d'émotions comme ça pour la journée.

Jean-Marc était arrivé à Sully en fin d'après-midi. Il n'avait pas annoncé sa venue. Rien d'étonnant : il fallait redoubler de prudence en ce moment. Quand elle l'avait vu soulever la barrière en bois au milieu des fougères, Joëlle s'était sentie tressaillir de joie. Elle se dit qu'elle allait enfin passer une bonne nuit. Ça n'avait rien à voir avec le sexe. Rien à voir avec le fait qu'ils le feraient ou non, qu'il la toucherait ou pas. Avec lui, elle était en confiance, elle savait qu'elle irait jusqu'au bout, solidaires et liés quoi qu'il se passe, les interrogatoires et les menaces, les chantages, la prison ou la mort, et tout ce que pourraient imaginer les fascistes pour les séparer.

Quand Jean-Marc était là, Joëlle se sentait en sécurité. Elle pouvait dormir paisiblement. Le chef était devenu insomniaque en prison. La clandestinité et la nécessité de rester sans cesse sur le qui-vive n'avaient rien arrangé. Il ponctuait ses nuits de cigarettes qu'il allumait à intervalles réguliers. Elle l'entendait se lever, le grattement de la pierre du briquet sur la peau rugueuse de son pouce, le couinement de la fenêtre qu'il entrebâillait, le stylo sorti de la poche à zip du blouson, le crissement de la bille sur le bloc de papier, ses pas dont elle devinait les mouvements circulaires. Elle percevait ses pensées agitées dans les ténèbres, son corps lourd qui s'affaissait par intermittence sur les ressorts du mauvais canapé-lit du salon. Il n'y a pas meilleure compagnie au monde qu'un homme qui ne dort pas.

Joëlle détestait être seule. Quand Jean-Marc et Nat lui avaient demandé de quitter la ferme, elle avait pris sur elle. Elle avait trouvé sans problème un logement à proximité, les gens normaux ne courent pas après les maisons isolées. Il fallait être complètement cintré pour avoir envie de vivre dans un endroit pareil. Elle avait toujours pensé qu'il n'y avait rien de plus angoissant que la campagne la nuit. À Sully, de tout petits riens déclenchaient en elle des peurs irraisonnées. À chaque craquement provenant du champ d'à côté, elle imaginait une horde de bêtes sauvages prêtes à bondir. Un souffle de vent sonnait comme le vrombissement du moteur d'une camionnette de gendarmerie, une pomme tombée sur le sol tintait comme le chargement d'une balle dans une culasse en acier. Elle avait beau essayer de se calmer, de se répéter qu'il ne pouvait rien lui arriver, que la porte était bien verrouillée, rien n'y faisait. Elle revivait des sensations désagréables qu'elle pensait envolées depuis bien longtemps. Enfant, elle passait parfois ses vacances dans le château des grands-parents, un édifice cafardeux dont les poutres vermoulues menaçaient de rompre à tout instant, à l'image d'une bourgeoisie en décomposition. Tout lui revenait alors, l'odeur des draps moisis, le parquet à échardes qui grinçait sous les sabots de bois, les courants d'air faisant claquer les volets dont les gonds n'avaient pas été huilés depuis trop longtemps, la cheminée qui refoulait et ne parvenait jamais à réchauffer correctement les pièces, le noir poisseux du ciel quand les nuages cachaient la lune, les cousins idiots qui s'amusaient à la terroriser en se faisant passer pour des fantômes. Elle se rappelait la terreur sourde qui s'emparait alors d'elle, la fierté qui l'empêchait de laisser paraître la moindre émotion, l'éducation qui interdisait la plainte, l'urine qui mouillait honteusement le matelas quand, clouée au lit par la peur, elle n'arrivait pas à s'en extraire pour emprunter à temps le couloir maudit menant aux cabinets.

Quinze ans plus tard, le moindre bruit la faisait toujours sursauter. Elle se trouvait ridicule. Elle avait braqué des banques, posé des bombes, mis en joue des passants, tiré sur des flics, elle avait tué et elle crevait de trouille à la tombée du jour. Elle avait tué et elle était terrorisée par une biche ou un sanglier traversant la forêt. Elle avait tué et le moindre coup de tonnerre la plongeait dans un état de panique incontrôlable.

Pour repousser la peur, elle retardait le moment du coucher, faisant plusieurs fois le tour de la maison, fermant les persiennes avec du fil de fer, disposant des « pièges » sur les gravillons, petits morceaux de cagettes cachés sous du fourrage censés lui permettre de repérer un rôdeur à l'oreille. Rituels maniaques autant qu'inutiles. Elle avait pensé que l'ajout d'un second verrou à la porte d'entrée la rassurerait. Celle de derrière l'inquiétait désormais. Georges, le camarade toujours prêt à rendre service, l'avait pourtant condamnée avec des planches de bois clouées les unes aux autres un jour où il était venu lui déposer des documents de Paris, mais elle ne pouvait s'empêcher de se dire qu'une épaule robuste en ferait son affaire. Et puis il y avait ce grenier dans lequel elle n'avait jamais eu le courage de monter, ces combles qui grouillaient de mulots dont les mouvements l'empêchaient de fermer les yeux. Une nuit, elle avait rêvé qu'elle était attaquée par des dizaines de rongeurs. Ils ne lui faisaient pas de mal, ils la chatouillaient presque, bougeant à vive allure sur son corps nu, tapissant son cou d'un épais ruban de poils. Elle avait été saisie d'une suffocation sourde, proche de l'asphyxie. Ses mains tentaient en vain d'écarter les bêtes, balayant son corps de gestes amples et désordonnés. Les assaillants revenaient sans cesse et Joëlle étouffait de plus en plus, gardant sa bouche obstinément fermée pour empêcher les nuisibles d'y pénétrer. Elle s'était réveillée dans un cri si puissant qu'il avait dû réveiller toute la campagne alentour. Son crâne était pris d'une migraine ravageuse.

Qu'ils le veuillent ou non, il faudrait que tu voies un médecin. Que tu te débarrasses enfin de ces douleurs si fortes qu'elles te donnent envie de chialer ou de mourir. La prochaine fois que tu vas à Paris, trouve un prétexte pour te séparer des autres et fonce au cabinet du docteur Mauve, rue Cardinet. Ça sera l'affaire d'une ou deux heures. Il te suit depuis que tu es petite, il connaît ta famille et aime tes parents. Il n'appellera pas la police, il ne dira rien, tu peux lui faire confiance. Il te donnera des médicaments, il saura comment te soigner.

Sa peau suintait une sueur poivrée. Elle avait découvert des griffures sur ses jambes et son ventre et du sang collé sous ses ongles, vestiges barbares de cette bataille nocturne. Depuis ce cauchemar, elle dormait habillée, le poids des vêtements sur sa peau la rassérénait un peu.

Avec les assassinats, son sommeil s'était encore abîmé, elle devait bien le reconnaître. Parfois, la nuit, elle était réveillée en sursaut par le claquement d'une détonation dont l'écho semblait se diffuser à l'infini dans ses tympans. Elle revoyait alors la tête et le sang, les chairs qui tressaillent, la chaleur qui se dégage du corps meurtri. Elle écartait ces images en secouant la tête. Dans ces moments de confusion, pour remettre de l'ordre dans ses idées, elle convoquait les propos de Jean-Marc et Nat sur la nécessité de la justice prolétarienne contre l'État assassin, les patrons salauds et l'impérialisme véreux. Ils étaient les responsables, ces vermines qui avaient tué Pierre Overney et bien d'autres camarades innocents, ceux qui chaque jour asservissaient des millions de travailleurs condamnés à subir le joug capitaliste. Georges Besse était un « spoliateur de l'humanité ». Ce n'était pas à l'homme qu'ils s'en étaient pris, mais bien à sa fonction, à ce qu'il représentait. Il n'y avait pas d'état d'âme à avoir. Et le peuple, malgré la propagande, savait, au fond, de quoi il en retournait. À force de se le répéter, son esprit s'apaisait peu à peu. Elle finissait par tomber d'épuisement aux premières lueurs de l'aube.

Lorsque Jean-Marc était là, c'était différent. Ils buvaient pas mal ensemble et ça aidait à se sentir bien. Ils enchaînaient les verres et les sujets de conversation. Elle ne se levait que pour vider le cendrier dans la cheminée, attendant qu'il soit plein à ras bord. Elle aimait monter se coucher avant qu'il ne soit fatigué. Allongée dans son lit, elle l'écoutait s'affairer en bas, fumer d'autres cigarettes, ouvrir d'autres canettes. Elle s'endormait bercée par le son de ses pas.

Écrire la lettre s'était révélé plus difficile que prévu. Au point que Luigi Pareno se demandait tous les quarts d'heure pourquoi il avait eu une idée aussi débile. Utiliser les mots pour parler à Chantal, dont c'était le métier, revenait à se tirer une balle dans le pied. Il n'arriverait jamais à la reconquérir comme ça. D'un autre côté, il savait qu'il n'avait pas d'autre solution. Il était trop honteux pour retourner au Balto et n'aurait jamais osé demander à ses amies où elle habitait. Cela faisait plusieurs mois qu'ils ne s'étaient pas vus et il avait compris deux ou trois trucs depuis qu'elle avait foutu le camp. Chantal était une chouette fille et il avait joué au con. C'était déjà miraculeux qu'une femme comme elle se soit intéressée à lui et il avait tout saccagé. Il avait eu la trouille et il s'était appliqué à la faire fuir avec sa manie du contrôle, ses tentatives puériles de domination, ses habitudes de vieux garçon. Il ne pouvait rien lui promettre. Chantal était intelligente : elle savait qu'on ne change jamais. On se contente de bricoler avec ses névroses et ses défauts, ses insécurités et ses failles. Dans le meilleur des cas, on s'améliore. S'il pouvait au moins lui faire comprendre ça, son désir d'être meilleur pour elle, ce ne serait déjà pas si mal. Il écrivait des phrases qu'il raturait, noircissait des feuilles qu'il jetait en boule dans la corbeille à papier. Finalement, il saisit un sous-verre en carton à l'effigie de leur bière préférée et écrivit au dos un simple « Pardon ». Il le glissa dans une enveloppe où il inscrivit son nom et l'adresse du lycée où elle enseignait. Il sortit vite la poster dans la boîte aux lettres la plus proche de chez lui de crainte de changer d'avis.

Les obsèques de Georges Besse, Luigi Pareno les avait suivies à la télévision. Il avait posé une journée de congé exprès. C'était la moindre des choses, s'était-il dit. Il n'avait pas pu empêcher l'ignoble meurtre, il se devait d'accompagner la victime en pensées. Ce jour-là, la République rendait hommage à l'un de ses grands serviteurs. Pareno s'était installé sur son canapé en skaï marron, le même qui lui servait désormais de lit et qu'il dépliait avec précaution le soir venu. Le mécanisme s'était grippé dès les premières utilisations et il était arrivé qu'il se bloque complètement, le contraignant à dormir directement sur le skaï. Ses pieds dépassaient, il n'avait pas aimé. Pareno était un homme d'habitudes qui vivait mal le moindre changement.

Le canapé était laid, il en convenait aisément. Son revêtement craquelait, laissant apparaître çà et là des boules blanches de kapok qu'il s'efforçait d'enfoncer avec ses doigts pour les faire à nouveau disparaître. L'assise était trop profonde, les coussins avachis. Quant à la couleur, il l'avait détestée d'emblée, elle lui rappelait celle des meubles de l'appartement de sa mère à Vitrolles, qu'il associait au manque d'aisance et à la honte.

Lorsqu'il s'était rendu au magasin dans le but de s'acheter un canapé, il avait d'abord avisé une toile beige, mais le modèle était en rupture de stock. Le vendeur lui avait signalé six à huit semaines d'attente. Pareno n'était pas patient et il avait déjà jeté son vieux lit sur le trottoir après le départ de Chantal. Pendant un mois, il avait dormi par terre, enroulé dans une couverture, comme le bidasse qu'il avait été. Ça ne pouvait pas durer. Il n'avait plus 20 ans, il avait mal au dos et ses genoux lui jouaient des tours. Alors qu'il s'apprêtait à quitter la boutique, le jeune vendeur lui avait montré celui en skaï : une « promotion », avait-il précisé. Le canapé était resté si longtemps en vitrine que la lumière du jour l'avait délavé par endroits. Pareno l'avait trouvé affreux, mais son prix et sa disponibilité immédiate avaient eu raison de ses réticences. Le garçon, trop heureux de se délester aussi facilement d'une pièce dont il ne pensait jamais pouvoir se débarrasser, le lui fit livrer gratuitement l'après-midi même. Le meuble avait pris place chez lui avec une évidence qui l'avait un peu déconcerté. Il semblait parfaitement adapté à la table basse sur laquelle Pareno prenait tous ses repas, en face du meuble télé. Il s'était révélé confortable et avait rapidement épousé les formes de son corps, ils semblaient être faits l'un pour l'autre. Ce canapé était en quelque sorte devenu son meilleur ami. Parfois, en ouvrant sa porte d'entrée, Luigi se surprenait à lui adresser un sourire, comme s'il retrouvait un animal domestique fidèle au rendez-vous.

Le jour des obsèques de Georges Besse, Luigi Pareno avait enfilé son costume bleu foncé, celui des grandes occasions, des mariages, des enterrements ou des rendez-vous avec sa hiérarchie. Chantal l'avait choisi pour lui, il aurait été bien incapable de s'acquitter d'une telle tâche. Il avait tenté de nouer une cravate à rayures bordeaux et jaune à son cou, mais s'était vite agacé, il n'avait jamais été fichu de faire un nœud correctement. La cravate avait rejoint, en boule, son tiroir à chaussettes. Depuis la veille, il réfléchissait à ce qu'il mangerait devant Antenne 2 midi, un véritable casse-tête. Il avait d'abord envisagé de faire revenir une entrecôte dans une noisette de beurre persillé, mais il s'était ravisé. Il faudrait faire cuire des haricots verts et sauter des pommes de terre. L'ampleur de la tâche lui avait semblé saugrenue au regard de la situation. Il s'agissait d'obsèques, tout de même. Il avait finalement opté pour un menu plus sobre. Il s'était rendu de bon matin chez le traiteur du coin de la rue, un homme sec et peu sympathique flanqué d'une grosse femme guère souriante. Il avait acheté une barquette de céleri rémoulade, une portion de poulet mayonnaise et une mousse au chocolat dans un pot en aluminium qu'il trouva petit pour le prix affiché.

Au moment d'allumer le téléviseur, quelques minutes avant le début du journal télévisé – Pareno craignait toujours une défaillance de l'appareil qui commençait à montrer des signes de faiblesse –, il avait disposé son repas dans des assiettes à fleurs à même la table basse. Elles faisaient partie d'un lot de vaisselle Arcopal qu'il avait gagné en collectionnant avec persévérance les bons de fidélité de sa station essence.

Il se servit un verre de côtes-du-rhône et glissa une serviette en tissu dans le col de sa chemise afin de ne pas la tacher. Pendant que le présentateur expliquait d'une voix un peu trop compassée à son goût le déroulé de la cérémonie, il avala quelques bouchées. Il reposa ses couverts dès que la retransmission commença. Les obsèques se déroulaient aux Invalides selon le rite que la France réserve à ses grands hommes ou à ses valeureux soldats. Pareno avait approuvé ce choix. Il signifiait que le pouvoir prenait enfin la mesure de la guerre qu'il menait presque seul depuis des années contre les fous d'AD. En cette fin novembre, l'humidité s'était abattue sur la capitale. Depuis des jours, il pleuvait dru. Au moment où le cercueil recouvert d'un drapeau tricolore traversait en silence la cour pavée, un crachin presque invisible remplaça les gouttes épaisses. Le commentateur expliqua l'origine des cornettes dont étaient affublés les militaires qui portaient le cercueil sur leurs épaules : il s'agissait du signe distinctif de Polytechnique, cette prestigieuse école dont la victime avait été l'élève et qui fournissait au pays des bataillons d'ingénieurs et de cadres de l'industrie. D'un côté de la cour, les militaires impeccablement alignés faisaient face aux civils, famille endeuillée, amis et politiques, la plupart vêtus de sombre. Pareno nota que cette symétrie entre l'ordre froid et la douleur contenue avait de la gueule. La caméra balaya les invités, serrés debout les uns contre les autres pendant que le journaliste égrenait d'un ton morne les noms des personnalités, ministres et commis de l'État. François Mitterrand, droit et raide, s'était figé un mètre devant son Premier ministre de cohabitation Jacques Chirac, sourcils froncés sous ses lunettes épaisses, en un geste d'affirmation hiérarchique. Dans les rangs du gouvernement, Luigi Pareno reconnut les sourcils broussailleux de Philippe Séguin dont le regard de chien battu donnait l'impression qu'il allait pleurer à tout moment. Il lui trouva un air de gros panda. Il aperçut les yeux bleus et la petite taille de Bernard Pons, le visage Ancien Régime d'Édouard Balladur. Les boucles du chef du parti socialiste Lionel Jospin s'invitaient dans le cadre. La caméra s'attarda ensuite sur la famille. Deux femmes blondes, l'aînée en imperméable et chaussures plates, regard fatigué et digne, la plus jeune en col roulé bleu sous un manteau noir, s'agrippaient l'une à l'autre. Pareno fut frappé par la similitude de leurs traits, la pâleur de leur peau, la finesse de leurs lèvres, la même couleur de cheveux, la forme identique du nez. La fille avait glissé son bras sous celui de sa mère en un geste d'abandon dont seules sont capables les femmes entre elles quand le malheur s'abat. Luigi Pareno se demanda qui, de l'épouse ou de l'enfant, était la plus affligée. Rien ne pouvait indiquer laquelle soutenait l'autre. La mère porta sa main gantée de cuir à son cou pour y plaquer le foulard qu'elle avait noué à la hâte. Elle semblait avoir froid. Luigi Pareno eut soudainement envie de la prendre dans ses bras pour la réchauffer.

Robert Pandraud parla face au cercueil : « Georges, il est dur de te dire au revoir, d'abord parce que nous sommes tous ici malheureux, bouleversés et révoltés par les conditions de ta disparition », commença-t-il. Pareno fut surpris par le tutoiement employé, il ne put s'empêcher de deviner le sourire goguenard de Rouillan et des siens qui y verraient forcément un signe de collusion de classe entre puissants et cette pensée l'agaça. « Tu n'aimais pas beaucoup les mots, juste ceux nécessaires pour agir, et les silences », poursuivit le ministre. Lorsqu'il eut terminé son hommage, Pareno se rendit compte qu'il était en train d'engloutir la mousse au chocolat sans avoir fini son plat.

Le président de la République s'approcha ensuite du défunt : « Nous vous faisons commandeur de la Légion d'honneur », déclara-t-il en déposant une médaille sur le cercueil. Sur son canapé dont le skaï collait à son pantalon – il avait chaud en costume, il faudrait qu'il songe à baisser le chauffage –, Luigi Pareno ne put s'empêcher de grommeler : « Une décoration post mortem, ça lui en touche une sans faire bouger l'autre. » Alors que la caméra s'attardait à nouveau sur les visages de la mère et de la fille, il leur fit la promesse muette de mettre la main sur les salopards qui leur avaient pris un mari et un père.

Une fois la cérémonie terminée, il se leva, éteignit la télévision et regagna la cuisine, son plateau à la main. Après un instant d'hésitation, il jeta le reste de céleri et le pilon du poulet à peine entamé dans la poubelle. Il se fit la remarque qu'en fait, il n'aimait pas la mayonnaise.

Les politiques se mobilisaient enfin. Luigi Pareno avait suffisamment pesté contre l'incurie d'en haut pour se plaindre de leur réveil soudain. La terrible décision de l'amnistie socialiste en 1981 lui restait encore en travers du gosier. Le pays avait à nouveau changé de majorité. Pour la première fois dans l'histoire de la Ve République, une cohabitation s'installait. François Mitterrand avait été contraint de nommer Jacques Chirac à Matignon après la victoire de la droite aux élections législatives de juin 1986 et des changements se faisaient déjà sentir. Chaque jour, la presse se faisait l'écho de tensions de plus en plus vives entre le président et le Premier ministre. Les flics héritaient d'un duo de choc pour gérer la sécurité publique : Robert Pandraud et Charles Pasqua qui avait pris ses quartiers au ministère de l'Intérieur. Il connaissait bien la maison poulaga, l'ancien vendeur de pastis, et il ne se laissait pas écraser par le formalisme ni impressionner par les frilosités de ses collègues ministres. C'était reposant. Quand il s'agissait de régler un problème, Pasqua y allait franco, il ne reculait devant aucune solution, orthodoxe ou pas. Arrêter les cinglés d'Action directe était devenu sa priorité numéro un. Le patronat était sur les dents depuis l'assassinat de Georges Besse, le gouvernement craignait que les politiques ne soient les prochaines cibles. Il n'avait pas tort. Plus rien ne semblait arrêter les meurtriers. Le 15 décembre, un mois après la mort du patron de Renault, une bombe explosait contre la voiture du garde des Sceaux Alain Peyrefitte, tuant son chauffeur. Un attentat revendiqué AD. Le quatre-vingtième depuis leur création en 1979. Il fallait en finir avec eux, faire rendre gorge à ce noyau de fadas qui narguait les forces de l'ordre depuis trop longtemps. Arrêter les quatre d'AD, neutraliser pour de bon ceux-là mêmes que, dans un élan de générosité stupide, François Mitterrand avait fait libérer, serait, en outre, un excellent coup. L'occasion était trop belle pour la droite de montrer à l'opinion publique de quel côté se trouvaient les défenseurs de l'ordre et de la sécurité.

Ces enjeux n'avaient pas échappé à Luigi Pareno. La politique ne l'avait pourtant jamais vraiment intéressé. Il ne votait pas, n'était même pas inscrit sur les listes électorales. Ne rien attendre était le meilleur moyen de ne pas être déçu, estimait-il. Il préférait juger sur les actes. Le nouveau pouvoir voulait donner des preuves de sa fermeté, tout serait fait pour les aider à coincer les derniers d'AD, c'était pour lui l'essentiel. Les plus hautes autorités de l'État avaient décidé de recourir aux appels à témoins contre récompense. En juillet, une première affiche concernant Jean-Marc Rouillan, Mohand Hamami, Éric Moreau, Maxime Frérot et Nathalie Ménigon avait été largement diffusée dans les commissariats. Cette fois, Pasqua et Pandraud décidèrent de taper plus fort : dans la nuit du 19 au 20 novembre, 80 000 affiches avec les visages de Joëlle Aubron et Nathalie Ménigon sortaient des rotatives. Ordre avait été donné de les coller dans le métro, les gares, les aéroports, les supermarchés, les aires d'autoroute, les postes et tous les lieux publics. Paris en était tapissée, les grandes villes de province aussi.

Luigi Pareno se frottait les mains : cette mobilisation allait forcément donner quelque chose. L'avis de recherche concernant Georges Ibrahim Abdallah et ses proches avait suscité plus de deux mille appels et donné lieu à cinq cents contrôles de police. Il était impossible de ne pas voir les visages des tueuses fixer les passants. Deux photos en noir et blanc pour chacune, une de face, l'autre de profil. Nathalie y portait les cheveux courts, à la garçonne, avec des trous dans une frange qu'elle avait probablement taillée elle-même. Joëlle souriait, cigarette aux lèvres. La photo avait été prise au téléobjectif à l'occasion d'une planque. Celle de profil, qui la présentait bouche entrouverte, ne la mettait pas en valeur. Elle avait même l'air stupide. Luigi Pareno n'avait pu s'empêcher de penser qu'elle était beaucoup plus jolie en vrai. Le texte disait : « La police judiciaire recherche activement Nathalie Ménigon, 29 ans, 1,70 mètre, yeux marron, corpulence mince, cheveux châtains mi-longs ou courts, et Joëlle Aubron épouse Schleicher, 27 ans, 1,68 mètre, yeux vert orangé, corpulence mince, pour les entendre en qualité de témoins dans le cadre des enquêtes ouvertes pour attentats terroristes. » Une récompense allant jusqu'à un million de francs était proposée à toute personne qui apporterait des renseignements permettant l'arrestation des auteurs des attentats. S'ensuivait un numéro de téléphone qui serait bientôt pris d'assaut par des « témoins » foireux. « Yeux vert orangé ». Si on lui avait demandé de rédiger l'affiche, Luigi Pareno aurait sans doute choisi d'autres mots. Il n'aurait en tout cas pas su décrire la couleur exacte des yeux de la fille. Vert orangé, en y réfléchissant, ça lui plaisait bien.

Qu'est-ce qu'elle avait ri quand Jean-Marc et Nat lui avaient raconté la réaction de leur voisin agriculteur après la mort de Besse, alors que la presse pleurait le grand patron ! Cet homme-là, un petit comme eux, un gars du peuple qui savait ce que l'oppression voulait dire, avait sorti la gnôle à table et leur avait proposé de trinquer à la bonne nouvelle. Nadine et Robert avaient joué le couple d'étrangers pas trop au fait de l'actualité et feint l'étonnement lorsque le paysan leur avait parlé de l'assassinat. Comment ça, ils n'avaient pas allumé la radio ? Sur quelle planète vivaient-ils ? « Ils l'ont buté, le porc ! » Jean-Marc et Nat avaient pris un petit air offusqué. Tout de même, on ne plaisante pas avec ces choses-là. Il fallait rester prudents, donner le change. Ils n'étaient pas censés être politisés, vindicatifs encore moins. Leur bonhomie était leur meilleure couverture et tant pis s'ils paraissaient un peu à la ramasse. On ne savait jamais vraiment à qui on avait affaire. Dans le doute, il valait mieux rester sur le qui-vive. C'était le prix d'une clandestinité maîtrisée. Le tribut payé à la lutte.

Ils avaient partagé quelques verres avec leurs hôtes, sans s'appesantir alors qu'ils rêvaient de les presser de questions, avides de recueillir leurs impressions. Ce n'est que dans la voiture, sur le chemin du retour, qu'ils avaient enfin pu se délecter de cette miraculeuse et discrète connivence avec leurs voisins, ces représentants du peuple à la pureté irréprochable qui justifiaient à eux seuls la justesse de leur combat.

Jean-Marc était d'une humeur de dogue ce jour-là. Joëlle l'avait rarement vu dans cet état. À peine descendue du train, elle avait compris que quelque chose n'allait pas. Sur le trajet menant à la ferme, il n'avait pas desserré les dents. Le soleil s'apprêtait à se coucher pour de bon. Les silhouettes dégingandées des grands arbres se découpaient au fond des champs de blé irradiés de lumière jaune. « Qu'est-ce que c'est beau ! » Elle n'avait pas pu s'empêcher de le dire, c'était sorti tout seul. Jean-Marc n'avait même pas tourné la tête, comme s'il n'entendait pas. Sa mâchoire se contractait à intervalles réguliers en infimes secousses connectées à son pouls. Joëlle se sentit honteuse, comme souvent avec lui. Elle s'en voulut d'être si futile et pesta intérieurement. Jean-Marc ne manquait pas de raisons d'être tendu, ils étaient tous à cran ces temps-ci. Ça lui rappelait cette fois où il s'était énervé contre elle. Ils étaient en repérage à Paris, tout s'était bien passé. Ils en avaient profité pour acheter des journaux et de la documentation dans une librairie. C'était la fin de l'été et la ville avait encore un air de vacances. Alors qu'ils passaient devant l'étal d'un glacier, elle avait émis l'idée de s'offrir un cornet. Juste une boule de vanille, son parfum préféré. « On n'est pas là pour ça », avait sèchement répondu Jean-Marc. Elle s'était figée d'un coup, comme si elle avait reçu un seau d'eau sur le visage. Il avait accéléré le pas en marmonnant et elle s'était efforcée de le suivre sans montrer combien elle était vexée. Elle avait cru entendre « Quelle idiote » s'échapper de ses lèvres. Elle en avait été crucifiée et s'était juré de faire des efforts. C'était aussi pour cela, pour lui prouver la force de son engagement, qu'elle avait demandé à s'entraîner au tir. Ils avaient fait avec les moyens du bord. En l'absence de pistolets-mitrailleurs, elle avait appris à se servir d'un 9 mm et à manœuvrer d'énormes fusils de guerre. Elle ne s'était pas trop mal débrouillée.

Par la fenêtre, son regard accrocha l'inscription Vitry-aux-Loges. À chaque fois qu'elle voyait ce panneau, elle ressentait un mélange de plaisir et d'excitation. La route bifurquait, obligeant la voiture à ralentir. Jean-Marc enclencha la seconde et le levier de vitesses, dont il disait régulièrement qu'il fallait le réparer, émit un léger bruit de caisse. Passé le tournant, on apercevait la ferme au loin. Lorsque la bâtisse surgit enfin, Joëlle bondit de joie, comme un enfant qui retrouve une maison de vacances après un trop long hiver.

Après avoir garé le véhicule, Jean-Marc sortit en claquant violemment la portière et, tournant le dos à la maison, emprunta le chemin de terre à vive allure. « Il est nerveux », commenta Nat en la faisant entrer dans la maison. Des pommes de terre étaient en train de bouillir dans une grande casserole de fer-blanc, un rôti froid était découpé en tranches sur le plan de travail. Nat avait noué un torchon à carreaux rouge et blanc autour de sa taille, sur lequel elle s'essuyait régulièrement les mains. Elle s'apprêtait à monter une mayonnaise à la fourchette. C'était le genre de chose qui impressionnait Joëlle, elle n'avait jamais été fichue de cuisiner quoi que ce soit à part ses conserves ratées. Elle allait enfin faire un bon repas. Ça faisait longtemps, elle ne mangeait que des boîtes ces dernières semaines. Elle proposa son aide, de manière automatique, un reste de bonne éducation. Elle savait que Nat lui répondrait qu'elle n'avait besoin de rien. Elle l'envoya chercher des bières dans le garde-manger. Joëlle en décapsula deux et elles burent à même la bouteille après les avoir entrechoquées l'une contre l'autre, en signe d'amitié.

Quand Jean-Marc rentra, il faisait nuit. Son front était encore soucieux, la marche ne l'avait pas apaisé. Il mangea sans un mot. Quelques bières plus tard, il sortit de son silence. Les derniers articles de presse parlaient d'eux comme d'une bande de ratés manipulés par les camarades allemands de la RAF. On ne les prenait pas au sérieux et ça le rendait malade. Il semblait loin, le temps où les membres d'AD allaient boire des cafés avec les journalistes de *Libération*. Il y avait alors des relais, des oreilles à l'écoute, un intérêt complaisant.

En 76, le quotidien s'insurgeait contre la mort d'Ulrike Meinhof, la fondatrice de la RAF. Un suicide en prison que *Libé* qualifiait de « crime d'État ». « L'ennemi, notre principal ennemi, c'est l'État », insistait le quotidien. Les pratiques de la « justice prolétarienne », pour répondre à la répression patronale et policière, étaient plus comprises, admises, presque encouragées. Dix ans plus tard, l'organisation ne trouvait plus grand monde pour la défendre. On moquait désormais son immaturité politique, on soulignait la faiblesse de son armature idéologique, on caricaturait ses membres, on affirmait qu'ils n'avaient rien compris aux écrits révolutionnaires. Ils se trouvaient réduits à un groupuscule de malfrats perdus dans une radicalisation aussi absurde que dramatique. Les articles évoquaient une dérive malsaine et sans issue. On les décrivait assujettis à leurs amis allemands, eux-mêmes à la solde de la redoutable Stasi. Tout était fait pour les discréditer. Aux yeux de leurs ennemis, ils ne pouvaient pas penser seuls, être autonomes, ils agissaient forcément sur ordre, trop limités intellectuellement pour mener le combat sans donneurs d'ordre. Certains voyaient derrière eux la main de l'Iran, dont ils ne pouvaient être que les pitoyables marionnettes. Leur échec était programmé, prédisaient les éditorialistes.

Et si tout cela était vrai ? Reconnais que tu y penses parfois.

Jean-Marc en était désormais convaincu : il fallait changer de stratégie, tout repenser. Avec les assassinats politiques, ils avaient eu l'espoir de faire bouger les lignes, d'attirer la sympathie d'une partie de l'opinion, de réveiller le peuple opprimé et de faire trembler le pouvoir. Ils allaient être redoutés. Ils n'attiraient en fait que des commentaires indignés et méprisants. « Une poignée de fous », grognait André Fontaine dans *Le Monde*. « Le sang d'un PDG dans un caniveau ne règle pas le problème de la lutte des classes », pontifiaient les traîtres de *L'Humanité*. Ce qui provoquait l'indignation de Jean-Marc, ce n'était pas d'être suspecté d'être un salaud – il assumait les meurtres, ils servaient la cause –, c'était d'être considéré comme un baltringue. Il avait étudié les auteurs révolutionnaires, avait avalé leur prose, traduit les écrits des camarades étrangers, il s'était formé, et voilà qu'on se gaussait du vide abyssal de la pensée d'AD, qu'on réduisait leurs tracts à du charabia, d'immondes salmigondis. Les intellectuels les rejetteraient toujours dans le camp des incultes et des réprouvés. Ils ne seraient jamais à la hauteur de leurs aînés, les maos et les trotskos, qui avaient reculé devant les armes, mais se repaissaient de théories, ceux dont les diplômes semblaient se transmettre de père en fils de façon fluide et mécanique et qui créaient un caisson étanche avec eux : d'un côté les bourgeois passés par l'université ou l'École normale supérieure, de l'autre les prolos toujours regardés de haut. On le prenait pour un crétin. Ça l'empêchait de fermer l'œil.

Joëlle ne pouvait qu'approuver, elle qui avait passé son bac philo en prison pour leur en remontrer, pour qu'on arrête de les considérer comme des agités à l'esprit débile, des intelligences médiocres. Elle avait bûché d'arrache-pied au fond de sa cellule pour décrypter des manuels scolaires abscons et des polycopiés datés, pour rattraper le temps perdu, combler les trous laissés par les cours trop souvent séchés au lycée, effacer la honte du bachot deux fois raté.

Ce soir-là, tout en alignant les bières, Jean-Marc fit part à Joëlle de la nouvelle idée qu'il avait eue avec Nat. Il ne fallait pas se mentir, ils étaient de plus en plus isolés. Il était compliqué de monter des opérations sans base arrière, sans soutien opérationnel. On ne pouvait pas davantage compter sur les camarades allemands. Ils étaient eux-mêmes affaiblis et traqués. Le stock d'armes s'amenuisait, les explosifs ne tarderaient pas à manquer. Et puis, les attentats politiques n'avaient pas eu les effets escomptés. La population avait resserré les rangs derrière le grand patronat. La revendication au nom du comité Pierre Overney n'y avait rien changé. Pierre Overney, ce jeune militant tombé au front, ignoblement assassiné par l'extrême droite, figure martyre de la contestation post-68, tout le monde s'en foutait. Rien n'avait bougé. C'était à eux de se remettre en mouvement. N'était-ce pas le rôle de l'avant-garde prolétarienne d'avoir toujours un temps s'avance ? C'est alors que, sous le regard distrait de Nat, Jean-Marc avait exposé son nouveau plan.

Quand le directeur de cabinet du ministre avait demandé à Luigi Pareno à combien il évaluait ses certitudes d'avoir identifié Nathalie Ménigon, il n'hésita pas : « 100 %. » Lorsqu'il l'avait vue dans la supérette, il l'avait immédiatement reconnue. Certes, elle avait pris du poids, ses cheveux attachés en queue-de-cheval et ses grosses lunettes la propulsaient dans un autre âge. Elle n'avait plus grand-chose à voir dans l'allure avec la gamine croisée sept ans plus tôt, mais ses traits étaient restés les mêmes. Pareno avait pris un risque insensé en s'approchant aussi près. Elle aurait pu le reconnaître, il avait fait partie de l'équipe qui l'avait interrogée après l'arrestation de la rue Pergolèse. L'attendre dans la seule épicerie correcte du coin relevait du pari. L'enquête auprès des animaleries les avait logés dans le périmètre, une surveillance de la ferme avait été mise en place, sans certitude d'avoir identifié les bonnes personnes. Les photos prises par les collègues du couple de Belges installé à Vitry ne s'étaient pas révélées concluantes. Les gars n'avaient pas pu s'approcher assez près, les images étaient floues. Seul un chemin de campagne conduisait à la maison, il était impossible de s'en approcher davantage sans se faire repérer. Ils avaient dû se rabattre sur le talus du canal d'Orléans, derrière les buissons, pour les observer sans être vus. Aller au contact était le meilleur moyen d'en avoir le cœur net.

Quand il avait aperçu Ménigon se garer et sortir de la 205 rouge, Pareno s'était concentré pour rester naturel. Il avait plongé la tête dans le rayon abritant les pots de moutarde et de cornichons et fait mine d'hésiter entre différentes marques. La décontraction de la fille, qui commençait ses courses, l'avait aidé à retrouver son calme. Elle ne faisait pas attention à lui, empilait la nourriture dans son chariot. Vu la quantité, Pareno s'était dit que le couple attendait sûrement de la visite. Ça sentait le festin. Elle était restée suffisamment de temps dans le magasin pour qu'il puisse à coup sûr l'identifier.

Sur les bases de son rapport, l'ordre d'arrestation avait été lancé. Les gradés se chargeraient de décider du nombre d'hommes et de véhicules à mobiliser. Il fut convenu que Pareno les rejoindrait sur les lieux peu après l'installation du gros des troupes, juste avant l'assaut. Il était rentré chez lui dans un état de surexcitation avancée. Il avait acheté un pack de bières sur le chemin du retour, tout en sachant que ça ne suffirait probablement pas à le tranquilliser. Il se sentait à la fois fébrile et joyeux. Il ressentit soudain l'envie de partager tout ça avec quelqu'un : les années de traque, les humiliations, les déceptions, les récompenses, le courage et la violence, les vices et les vertus de son métier. Chantal lui manquait. Sans trop réfléchir, il saisit le combiné et composa le numéro de téléphone du lycée où elle enseignait. Il n'y avait plus personne à cette heure. Il tomba sur un répondeur et raccrocha. C'était certainement mieux comme ça.

C'était elle qui avait demandé à voir la cache. Elle n'avait pas pu s'en empêcher. Joëlle savait pourtant que Nat se foutrait un peu de sa gueule car elle s'était montrée réticente quand ils avaient évoqué cette histoire d'enlèvement. L'assassinat d'Aldo Moro l'avait laissée plutôt perplexe. Lorsque les camarades des Brigades rouges avaient enlevé en pleine rue de Rome le chef de la démocratie chrétienne, elle avait d'abord applaudi le coup d'éclat. On était en 78, elle tournait alors en rond avec les copains du squat et rêvait d'une forme d'action plus efficace pour mettre à bas le pouvoir capitaliste. Elle pressentait que cela passerait par le durcissement de la lutte, par les armes, par du sang et des morts. Elle n'avait pas encore rencontré Jean-Marc et Nat, mais l'envie était là. Dans un premier temps, les Italiens avaient forcé le respect des révolutionnaires du reste du monde. Ils ne se contentaient pas de poser des bombes, ils osaient s'attaquer aux plus hauts représentants de l'État corrompu, au cœur même du pouvoir, ils avaient l'audace et le cran, le panache et la détermination. Surtout, ils démontraient qu'ils disposaient d'une organisation au cordeau. Il fallait des troupes et une discipline de fer pour monter un coup pareil. Les Français faisaient figure d'amateurs à côté. En semant la terreur, les Brigades s'étaient imposées au-delà des frontières comme un modèle à imiter. Puis, avec cette détention qui n'en finissait pas et les négociations qui traînaient en longueur, le doute s'était immiscé. Les brigadistes avaient donné l'impression de ne plus maîtriser la situation. Plus personne ne comprenait ce qu'ils cherchaient. La presse les ridiculisait, le gouvernement affichait son mépris en se montrant inflexible. Les menaces semblaient inopérantes, la propagande du régime brouillait leur message. Surtout, Moro avait été lâché par les siens comme un moins-que-rien. Il était devenu évident que le pouvoir s'accommodait de sa captivité, les luttes intestines avaient pris le pas sur la solidarité et l'humanité, le parti réglait ses comptes sur le dos du prisonnier. Les copains italiens n'avaient plus su quoi faire d'un otage que personne ne tenait vraiment à récupérer. Ils avaient fini par le buter salement. Joëlle en avait été secouée.

Le fiasco italien avait montré que les avantages d'un enlèvement ne sautaient pas aux yeux. Jean-Marc avait su la convaincre en lui expliquant que leur prise d'otage avait une visée précise : servir de monnaie d'échange avec les autorités pour obtenir la libération de Régis. Il avait touché son point faible. Faire quelque chose pour Régis, ce n'était pas le genre de truc auquel Joëlle pouvait s'opposer. Avec Régis, ils n'avaient jamais vraiment parlé d'amour, mais ils l'avaient suffisamment fait pour qu'elle se sente un lien particulier avec lui. Alors si cela pouvait permettre d'obtenir sa sortie de prison, elle était d'accord pour le kidnapping.

La prison du peuple avait été aménagée dans l'angle de l'une des chambres du premier étage. Un réduit d'un mètre sur deux, doté d'un sas. Joëlle avait demandé à l'essayer et s'était allongée sur le matelas. La cache lui avait paru confortable. Le système de ventilation n'était pas encore au point, Jean-Marc s'était donné quinze jours pour le terminer. Il était très fier en revanche du papier peint dont il avait couvert les murs, une toile bleue aux motifs d'oiseaux. Un instant, Joëlle s'était imaginée à la place du futur détenu, enroulée dans la couverture synthétique posée sur la couchette. Ne rien faire d'autre que somnoler, se laisser porter par un rythme décidé par d'autres, guetter les bruits de la maison, les va-et-vient, le craquement des escaliers, le grincement des gonds de la porte de la salle de bains, écouter le ronronnement des discussions entre Jean-Marc et Nat. Elle se sentait à l'aise sur l'étroite couchette. Elle se serait bien vue là, à proximité de leur couple, à la façon des enfants qui dorment à l'étage au-dessus des parents. L'air du dehors lui aurait sans doute manqué, la lumière aussi, même si elle était rare en cet hiver qui semblait sans fin. En l'absence de fenêtres, elle se serait contentée du faible halo qui filtrait de l'ouverture conduisant à la cache. Ç'aurait été reposant.

Ici, c'est sûr, tu pourrais dormir. Dans le calme et la pénombre, tu pourrais venir à bout de tes migraines. Et peut-être apaiser le feu de tes cauchemars.

Joëlle était jeune et bien-portante. Elle n'abîmait pas son corps à l'usine comme les ouvriers exploités, ne se levait pas au milieu de la nuit pour rejoindre chaque matin un travail pénible, n'avait pas à affronter les remontrances d'un petit chef acariâtre. Pourtant, elle se sentait lasse. À ce moment précis, les yeux clos dans le creux de son bras, elle aurait tout donné pour s'arrêter, ne plus rien faire, ni penser ni réfléchir, ni combattre et ni lutter. Elle commençait à s'endormir quand Nat la réveilla d'un sonore : « À table ! » Elle avait préparé son plat favori, une épaule d'agneau aux oignons confits avec de l'origan cultivé derrière le clapier. Joëlle sortit de la cache, happée par l'appétissant fumet qui s'échappait du four. Avant de descendre les escaliers, elle se retourna et jeta un dernier regard aux oiseaux bleus.

Luigi Pareno tombait littéralement de fatigue. À plusieurs reprises, son coude glissa sur le rebord en glace. Il avait fait tomber sa paire de jumelles de l'autre côté de la congère et craignait de faire du bruit en la récupérant. Il n'avait pas dormi depuis vingt-six heures, renonçant à toutes les pauses proposées par ses collègues. Il ne voulait pas prendre le risque de manquer l'assaut. Après avoir consacré tant d'années à la traque, il était hors de question de rater son dénouement. Tour à tour, les collègues se repliaient à l'intérieur des camionnettes stationnées en contrebas. Ils se réchauffaient à l'intérieur, échangeaient les nouvelles, buvaient un café, dormaient un peu sur une banquette spécialement aménagée, mangeaient un sandwich. Luigi Pareno n'avait pas faim. Son estomac s'était noué au moment où il avait vu la fille descendre du train. Son organisme semblait à l'arrêt, à l'image de son corps saisi par le froid. Un officier lui avait offert de l'accompagner à une cabine téléphonique. Il avait décliné. Il n'avait aucun coup de fil à passer, personne à appeler. Chantal avait dû recevoir sa lettre depuis le temps. Il n'avait eu aucune réponse. C'était foutu, elle avait disparu pour toujours. Il s'en voulait de n'avoir pas su lui en dire davantage, qu'il l'aimait par exemple. « Pardon », c'était un peu court, quand il y repensait.

De temps à autre, il consentait à sortir de sa planque pour faire quelques pas, histoire de se dégourdir les jambes et d'aller pisser. Il remuait ses orteils engoncés dans ses bottes fourrées comme pour s'assurer qu'ils bougeaient encore. Un fourmillement chaud se propageait à l'intérieur de lui, gagnait ses membres, remontait dans le dos jusqu'à la nuque. Cette sensation le rassurait, il était toujours vivant.

L'ordre de déclencher l'assaut fut enfin lancé. Il avait été décidé de surprendre les terroristes à l'heure du dîner, pendant qu'ils se goinfraient tranquillement en regardant la télé, comme tout le monde à cette heure-ci, songea Pareno, un poil déçu. Il saisit sa paire de jumelles et la plaqua sur ses yeux dès qu'il entendit son talkie annoncer : « On y va ! Go ! » Les ninjas du Raid avançaient par grappes, le corps encapsulé dans des coques sombres et d'épais gilets pare-balles, visages cachés sous des cagoules noires. Ils devaient contourner une mare gelée et un petit ruisseau cachés par la neige. L'éclat des fusils-mitrailleurs brillait dans la nuit. Concentré sur la fenêtre éclairée de la maison, Pareno pensa à la première fois qu'il avait vu la fille à Deauville, à son air encore innocent, à son allure de bourgeoise élégante, à l'iris si particulier de ses yeux. Il l'avait trouvée belle et mystérieuse à la fois. Il l'avait admirée et il l'avait haïe. Dans son écharpe de laine, il murmura comme une prière : « Tire-toi, s'il te plaît, tire-toi. »

Quand tout fut terminé, l'assaut et les cris, les sommations et les tirs, les rugissements et le craquement du bois éventré, l'explosion des vitres et des grenades d'attaque, l'électricité qui dansait la gigue, les ordres dans les talkies-walkies, lorsqu'il entendit « On les tient, situation maîtrisée » de la voix du chef de l'opération, Luigi Pareno se sentit brutalement aspiré par un grand vide. Autour de lui, ceux qui étaient restés en retrait laissaient éclater leur joie et se congratulaient énergiquement. « On les a eus ! On les a eus ! » Pareno tourna la tête vers les uns et les autres, sourire aux lèvres, sans pouvoir articuler un son. Il essaya de bouger, mais son corps était comme mort. Il aurait aimé participer à leur danse barbare, à ce rituel qui les poussait instinctivement à se serrer dans les bras, à se taper dans les mains, à s'embrasser et à crier de façon à la fois désordonnée et harmonieuse, tendre et brutale, lorsqu'une opération se terminait bien. Ils avaient ça en commun avec les joueurs de foot ou de rugby, s'était-il souvent dit, cet élan des corps, cette virilité de contact qui semblait être le propre des hommes maniant les armes ou le ballon. Malgré sa réserve, il s'y prêtait d'habitude volontiers, mais à ce moment précis, il n'arrivait tout simplement pas à sortir de sa congère, bloqué par une force inerte qui lui sciait les jambes. Un de ses hommes, le voyant prostré, s'approcha en lui hurlant à l'oreille : « Ben alors patron, vous n'êtes pas content ? On les a eus ces salauds, ça y est ! Enfin ! » Il lui adressa un œil si vide que l'excitation du jeune homme se mua en subite inquiétude. Pareno le vit le regarder bizarrement, il entendit un cri, un appel à l'aide, des pas précipités et, dans un brouhaha intense, il se sentit partir. Quand il reprit connaissance, il était allongé dans un fourgon, un médecin contrôlait sa tension en lui tapotant la joue de l'autre main. « Ça va aller, chef », lui répétait le jeune gars de son équipe. Il était complètement dans les vapes. « Il n'a rien bu ni bouffé à part un petit sandwich aux tomates, expliquait le garçon au toubib d'un ton soudainement mâle. Évidemment, il ne faut pas s'étonner après. Personne ne peut tenir comme ça sans se reposer ni manger par un tel froid. » Le médecin demanda qu'on lui apporte du café chaud et quelque chose à manger, n'importe quoi, et injecta à Pareno un produit dont il sentit presque instantanément la chaleur se propager dans ses veines. Après avoir retrouvé ses esprits, il passa en position assise, engloutit un jambon-beurre un peu sec qu'il fit passer avec le café brûlant et se leva. Le médecin essaya de le retenir. Il récolta un regard noir en retour. « Faites gaffe quand même, vous avez beaucoup donné. » Pareno enfila son manteau, remit ses chaussures à la hâte et sortit du fourgon sans même dire merci. Ce n'était pas son genre, il s'appliquait à être poli en toutes circonstances, mais ça urgeait. Il ne savait pas combien de temps sa défaillance avait duré et il craignait d'arriver trop tard.

Dehors, les quelques dizaines de mètres qui séparaient le camp de base de la ferme ressemblaient à un champ de bataille. Des gyrophares éclairaient le terre-plein recouvert de neige de façon anarchique. On aurait dit les abords d'une boîte de nuit, la musique en moins. Une odeur de brûlé chargeait l'air glacial et de la fumée s'échappait d'une fenêtre. Pareno pria intérieurement pour qu'un incendie ne se soit pas déclaré. Il savait combien ce serait dommageable pour rassembler les preuves nécessaires au procès. Les cinquante policiers du Raid et la trentaine d'agents des RG dont il faisait partie avaient déjà mis la main sur des pièces accablantes : 30 kilos d'explosifs, un fusil d'assaut, 80 détonateurs, du matériel d'écoute perfectionné, une liste de personnalités à enlever ou à tuer, des cassettes vidéo de surveillance des cibles, et surtout l'arme des meurtres et l'original de la revendication de l'assassinat de Georges Besse. Ils avaient également trouvé des morceaux de cuir issus de la sacoche du patron de Renault découpés en forme de pistolet pour confectionner un holster, et ce détail leur avait foutu froid dans le dos. Toutes ces informations, il les recueillait d'un collègue à l'autre, ceux qui sortaient racontant à ceux qui étaient tenus à l'écart ou occupés à d'autres tâches.

Des hommes en uniforme couraient en tous sens, bousculant les barbelés, faisant craquer la glace. Pareno eut du mal à se frayer un chemin dans la nuit, il slalomait entre ses confrères. Il marchait si vite qu'il faillit plusieurs fois perdre son équilibre. Quand il arriva à proximité de la ferme, des rubans de plastique rouge et blanc avaient déjà été disposés pour délimiter le périmètre et empêcher les intrus de s'approcher. Un gradé qu'il ne connaissait pas l'arrêta en posant brusquement sa main sur sa poitrine : « On n'approche pas. » Pareno sortit sa carte professionnelle, la lui fourra sous le nez puis le bouscula sans ménagement. Avant de pénétrer dans la maison, il marqua un temps d'arrêt et respira un grand coup. À l'intérieur, régnait un désordre ahurissant. Il ne vit personne tout d'abord, son regard était happé par le foutoir ambiant, chaises et tables renversées, restes de repas projetés sur le sol et les murs, bris de verre et de projectiles, papiers épars. Dans une grande caisse, une demi-douzaine de hamsters gesticulaient, paniqués par le bruit, pendant que le chat essayait de se faire la malle. Un flic l'attrapa avant qu'il ne franchisse le seuil de la maison. À l'étage où se trouvaient les deux chambres, le bazar était encore plus impressionnant. Des grenades traînaient au milieu des fringues et de bocaux vides. Des classeurs remplis de fiches contenant des centaines de noms de politiques, d'intellectuels, de policiers, de chefs d'entreprise et de personnalités du show-biz comme Yves Montand dont ces dingues avaient consigné les filatures, côtoyaient des boîtes de nourriture pour animaux sur des étagères branlantes. Ils n'avaient visiblement pas affaire à des as du ménage. Au moment où il se faisait cette remarque, Pareno aperçut Jean-Marc et Georges, déjà menottés au sol. Le premier affichait un sourire plein de morgue, le second

semblait ailleurs. Rouillan était coopératif : il répondait aux questions, indiquait où étaient stockés les explosifs, et leur montra même la cache : « Vous arrivez quinze jours trop tôt ! » ajouta-t-il pour leur faire comprendre que la prison du peuple était sur le point d'être occupée. Pareno s'en foutait maintenant. Il les regarda à peine, il cherchait la fille, il devait la trouver. Il secoua un gars de la balistique déjà au travail : « Personne de blessé ?
— Non, personne. Ils ont fait du bon boulot. » Elle était vivante, donc. Quand il l'aperçut, il vit d'abord le sang et l'ecchymose sur sa pommette gauche. Il ne put s'empêcher de penser : « Les enfoirés, ils me l'ont abîmée. » Il s'approcha d'elle, elle était encore couchée sur le sol, vêtue d'un pantalon bleu et d'une tunique rouge qui lui allait bien. Les menottes et la douleur entravaient ses mouvements. Il chercha son regard et murmura : « Ça va ? » Elle fit mine de ne pas l'entendre, les yeux braqués au loin, le corps tendu par la colère et l'humiliation. Il fit ce geste qui l'étonna lui-même, un geste fou et absurde. Il passa doucement le plat de sa main sur les cheveux de la fille mêlés à la poussière du parquet. Il eut l'impression qu'elle fermait un instant ses yeux d'or. Il se releva d'un bond, regarda rapidement autour de lui, personne ne semblait l'avoir remarqué. Il quitta la pièce après avoir félicité les membres chargés de l'assaut.

C'était le moment pour lui de partir, on annonçait déjà la venue des politiques. Les journalistes arrivaient en meute sur les routes de campagne, il n'avait plus rien à faire là. Il savait déjà ce qui allait se passer, les guéguerres entre services, les agents qui se pousseraient du col, les photos revendues à la presse pour arrondir les fins de mois, les ministres se bousculant autour des cendres d'Action directe, les arrangements avec la vérité. Il voulait s'épargner ça, le spectacle indécent et la mise en scène, les discours *a posteriori* et les fanfaronnades. Il avait fait son boulot et il avait failli le foirer, il n'y avait aucune gloire à en tirer. Il était payé et il avait payé pour ça.

Il se retourna une dernière fois pour regarder la fille : elle n'était plus là. On avait dû la déplacer. Ça serait comme ça pour elle maintenant, elle ne déciderait plus de rien. Elle en prendrait pour des années de détention. On la traînerait d'un endroit à l'autre, d'une cellule à un fourgon sécurisé, d'une salle d'audience au cabinet d'un juge. Elle devrait suivre le mouvement de la justice, son emploi du temps lui serait imposé, heures de repas, de coucher, de lever, de promenade, de douche ou de parloir. Il se demandait s'il lui était arrivé de réfléchir à tout ça quand elle avait décidé de tuer, la privation de liberté pour le reste de sa vie, l'asservissement, l'obéissance forcée, les punitions et la maltraitance inhérentes au système carcéral. Ce n'était pas son problème, après tout. Il allait devoir penser à son avenir, maintenant. Il recevrait probablement une récompense, un chèque pour de belles vacances, une promotion sans doute. Il pourrait peut-être en profiter pour demander une mutation. Partir loin, pourquoi pas, changer de vie. À cette perspective, il sentit une bouffée de tristesse l'envahir. Il n'avait envie de rien, il devait bien se l'avouer. Ces huit ans de traque l'avaient tenu autant qu'épuisé, il se sentait vide.

À l'extérieur de la ferme, la neige s'était transformée en boue et Luigi Pareno constata avec agacement que ses chaussures étaient complètement crottées. Il fit le chemin en sens inverse, la bâtisse tanguait encore dans son dos, il avait hâte de retrouver sa voiture. Il roula vite en direction de Paris, les yeux brûlants de fatigue. Il voulait arriver aux premières lueurs de l'aube, avant les bouchons et les travailleurs du matin. Son dos lui faisait mal. Les heures passées dans la congère sans bouger avaient raidi son cou et froissé ses muscles. En garant sa voiture en bas de son immeuble, il songea à la douche chaude qui le nettoierait des nuits sans sommeil, de l'angoisse et de l'attente, de la fatigue du corps et des pensées sombres, du regard féroce de la fille aux yeux d'or. Quand il ouvrit la porte de son appartement, une joie enfantine le chatouilla : sur le meuble du salon, la lumière rouge de son répondeur clignotait.

Épilogue

Joëlle Aubron, Nathalie Ménigon, Jean-Marc Rouillan et Georges Cipriani ont été condamnés le 14 janvier 1989 par la cour d'assises de Paris à « la réclusion criminelle à perpétuité assortie d'une période de sûreté de 18 ans pour les faits de complicité d'assassinat (assassinat de Georges Besse, président-directeur général des usines Renault) ». Le 19 mai 1994, ils seront à nouveau condamnes « à la réclusion criminelle à perpétuité assortie d'une période de sûreté de 18 ans pour les faits de complicité d'assassinat, de complicité de meurtre, de destruction de biens d'autrui par un moyen dangereux pour les personnes, de participation à une réunion de malfaiteurs en vue de la préparation d'un crime, de recel d'objet provenant d'un vol, de recel de document administratif faux, contrefait ou altéré, de détention sans autorisation d'arme ou munition de 1re ou 4e catégorie, de fabrication ou détention non autorisée de substance ou d'engin explosifs, assassinat de M. René Audran, ingénieur général de l'armement, tentative d'assassinat sur la personne de M. Brana, vice-président du Conseil national du patronat français, de M. Fernandez, chauffeur et de M. Couerjoly, gardien de la paix ».

Comme ils se l'étaient promis, les quatre d'Action directe se sont refusé lors de leurs différents procès à répondre aux questions sur les actes commis et ont assumé collectivement la totalité des faits qui leur étaient reprochés. Ils n'ont jamais exprimé ni remords ni regrets.

Atteinte d'une tumeur au cerveau, Joëlle Aubron a été libérée le 16 juin 2004 de la prison de Bapaume. Elle est morte le 1er mars 2005 à l'âge de 46 ans. Dans une interview à *Libération* le 29 août 2004, elle expliquait : *« AD n'a pas surgi de nulle part. Nous appartenons à une longue histoire et nous fûmes nombreux à penser, à compter sur un élan qui finalement ne vint pas. Notre hypothèse a échoué. C'est clair. Mais de toute façon, je ne peux pas m'asseoir sur dix-sept ans et même vingt-cinq ans de ma vie. Je me dirais : "Tout cela pour rien ?" »*

BIBLIOGRAPHIE

Aurélien Dubuisson, *Action directe, les premières années*, Libertalia, 2018.

Roland Jacquard, *La Longue Traque d'Action directe*, Albin Michel, 1987.

Jean-Pierre Pochon, *Les Stores rouges*, Équateur, 2008.

Jean-Marc Rouillan, *Dix ans d'Action directe*, Agone, 2018.

Serge Savoie, *RG, la traque d'Action directe*, éditions Nouveau Monde, 2011.

Composition et mise en pages
Nord Compo à Villeneuve-d'Ascq

Cet ouvrage a été imprimé
par CPI Brodard & Taupin
pour le compte des éditions Grasset
à La Flèche (Sarthe)
en février 2022

PAPIER À BASE DE FIBRES CERTIFIÉES

Grasset s'engage pour l'environnement en réduisant l'empreinte carbone de ses livres. Celle de cet exemplaire est de :
450 g éq. CO_2
Rendez-vous sur www.grasset-durable.fr

N° d'édition : 22366 – N° d'impression : 3047038
Dépôt légal : mars 2022
Imprimé en France